ÉPARSE

Lisa Balavoine est professeure-documentaliste. *Éparse* est son premier roman.

LISA BALAVOINE

Éparse

ROMAN

JC LATTÈS

ISBN : 978-2-253-90696-4 – 1re publication LGF

« Give me a reason to love you
Give me a reason to be
A woman
I just wanna be a woman. »

Portishead,
Glory Box, 1995.

Enfant, je n'avais pas envisagé de devenir une personne normale.

*

Désormais il convient d'être réaliste. La peau de mon visage se constelle de taches brunes de mois en mois, parfois de jour en jour. Il faudrait que je prenne rendez-vous chez un dermato. Je vieillis. J'ai des rides persistantes autour des yeux. Mon cou s'empâte, mes paupières s'affaissent, mon corps se flétrit. Certains matins, je me réveille trempée de sueur. J'ai parfois mal au dos. Maigre consolation, je n'ai pas de cheveux blancs. En revanche, je crois que j'ai perdu un centimètre. Je laisse faire. Je ne lutte pas. Je n'ai pas les armes.

*

Ma mère écoutait beaucoup de chanteuses tristes qui chantaient tristement des chansons tristes. France Gall rêvait qu'on lui fasse tout bas une déclaration. Véronique Sanson se demandait si cet amour aurait un lendemain. Nicole Croisille criait qu'on lui téléphone pour lui dire qu'on l'aime. Corynne Charby vivait comme une boule de flipper qui roule. Jakie Quartz s'entêtait à faire une mise au point pour toutes les victimes du romantisme. Bibie désirait tout doucement arrêter les minutes supplémentaires qui faisaient de sa vie un enfer. Toutes étaient seules, abandonnées, perdues et le clamaient haut et fort. Leurs mots résonnaient quotidiennement dans l'appartement et déposaient leur lot de larmes amères sur les cils de ma mère. Sur la bande FM de ma jeunesse ne se promenaient que des femmes qui avaient le vague à l'âme.

*

Je voudrais pouvoir décoller les différentes couches de papier peint de ma vie pour retrouver le lé d'origine.

*

Je n'aime pas les transports en commun. Je n'aime pas les multiplexes de cinéma. Je n'aime pas les supermarchés. Je n'aime pas les centres commerciaux. Je n'aime pas les parcs d'attractions. Je n'aime pas les clubs de vacances. Je n'aime pas les meetings politiques. Je n'aime pas les manifestations sportives. Je n'aime pas les chaînes de fast-food. Je n'aime pas les défilés militaires. Je n'aime pas les plages bondées. Je n'aime pas les fêtes de la Saint-Sylvestre. Je n'aime pas les rassemblements familiaux. Je n'aime pas les stations de ski. Je n'aime pas les expressions à la mode. Je crois que je suis un peu snob.

*

Sur le pourtour de la vasque en céramique blanche, un bocal en verre contient un assortiment d'élastiques colorés, des barrettes en métal, des pinces de toutes tailles. La brosse à cheveux emprisonne quelques fins filaments blonds entre ses picots. Dans une boîte sans couvercle, des rouges à lèvres se serrent les uns contre les autres. Rouge rouge, Baiser ardent, Rose volupté. Leur nom évoque à lui seul la promesse d'élans passionnés. Une brosse à dents medium sur le déclin côtoie un dentifrice bio à l'eucalyptus. Il n'y a pas de gobelet. Un panier d'osier disposé de l'autre côté du robinet recèle tout un tas d'ustensiles disparates : pinceaux, crayons, cotons, eau démaquillante, lotion à la rose, fards à paupières, échantillons de crèmes diverses, ciseaux, pince à épiler, vernis à ongles, dissolvant, cotons-tiges. À côté du panier, un flacon de parfum : Féminité du bois, de Serge Lutens. Une trousse à maquillage est posée là, attendant de rejoindre un sac à main. L'essentiel y est entreposé : un mascara noir ultra-volumateur, un crayon noir, un anticerne nude, un mini-déodorant, un blush rosé en poudre, un miroir de poche. Il y a là aussi une plaquette de pilules contraceptives arrêtée sur le samedi. Dans le meuble sous le lavabo, on trouve une collection de crèmes pour le visage ou le corps. Crèmes gommantes, lissantes, antirides, fermeté, contour des yeux. Beaucoup n'ont presque pas été utilisées, certaines voient leur date de péremption dépassée depuis longtemps. Un sèche-cheveux Calor repose sur une tablette au côté d'un épilateur électrique Babyliss. Un shampooing pour cheveux fragiles est rangé, attendant de se substituer à celui qui repose sur le bord de la baignoire. Des serviettes et gants de toilette finissent d'occuper les étagères. Au-dessus du lavabo, un miroir et, dans celui-ci, le reflet d'un visage anodin, le mien.

*

Tous ces gens qui déclarent : « J'ai l'impression de passer à côté de ma vie. » Je me demande quelle destination ils choisissent à la place.

*

Au début, nous ne nous connaissons pas. Nous nous approchons. Nous nous découvrons. Nous nous plaisons. Les débuts déshabillent nos jours et vêtent nos nuits d'un manteau inédit. Tout est beau alors. Tout est simple. Nous sommes charmés par ce corps qui nous est encore inconnu, dont le parfum nous entête, dont le regard nous bouleverse. Nous apprenons à nous connaître. L'autre est un continent et en parcourir les contours, en définir les frontières, en cerner les limites est un travail d'exploration de longue haleine. Nous prenons le temps. Nous ne sommes pas pressés. Nous regardons des films, nous flânons dans des expositions, nous allons au concert, nous parlons de politique. Nous rencontrons les amis, plus tard la famille. Nous nous apprivoisons. Nous sommes jeunes et nous nous aimons. Nous décidons après plusieurs années de vivre ensemble. Nous cherchons une maison en location. Nous accolons nos initiales sur les paraphes d'un bail renouvelable. Nous achetons des meubles dans un magasin suédois. Nous peignons les murs en blanc. Nous cuisinons ensemble. Nous dormons toutes les nuits dans le même lit. Nous déterminons sans nous en rendre compte un côté du matelas que nous ne quitterons pas. Nous passons des examens, des concours, des entretiens d'embauche. Nous sommes tous deux reçus. Nous percevons des salaires fixes. Notre vie devient solvable. Nous organisons des vacances avec des amis. Il y a des parties de fléchettes dans le soir qui descend et du rosé frais dans des gobelets en plastique. Il y a des baignades dans des lacs et des randonnées en montagne. L'été est doux, les promesses infinies. Nous prenons une grande inspiration. Nous faisons un enfant. Nous fondons une famille. L'enfant babille, dort peu, se tient debout, dit papa puis maman. Tout est beau alors. La vie est simple et bien remplie. Les années passent et nous avons d'autres enfants. Nous demandons la carte famille nombreuse. Nous ne sommes plus imposables. Nous déménageons. Nous obtenons un prêt bancaire. Nous devenons propriétaires. Nous achetons un monospace. Nous nous sentons parfois un peu plus fatigués. Nous nous endormons plus tôt. Nous nous déshabillons moins. Le travail nous prend tout notre temps. Il y a des factures de crèche, des goûters d'anniversaire et des chaussures toujours trop petites qu'il faut racheter. Nous sortons ensemble quand les enfants dorment chez leurs grands-parents. Nous sortons chacun de notre côté le reste du temps. Nous avons l'un et l'autre nos activités. Nous nous éloignons lentement, sans même nous en apercevoir. Nous parlons peu de nous. Nous parlons des enfants. Il y a les épidémies de varicelle, les rappels de vaccins et les urgences de temps en temps. Nous ne percevons pas les fissures qui se dessinent de plus en plus nettement. Nous décidons tacitement de ne pas les voir. Nous n'en disons rien. Nous n'osons pas. Nous ne voulons pas nous faire de peine.

*

J'ai quitté quelqu'un que j'aimais. Je ne sais pas si on peut se pardonner cela.

*

Sur la banquette arrière, je regarde les lumières de la ville qui défilent. À ma hauteur, on ne voit pas grand-chose, tout au plus les halos des enseignes au néon et les feux qui sont tous à l'orange clignotant. À la radio, Michel Delpech parle d'oies sauvages et de Méditerranée. Je suis presque allongée sur la banquette en faux cuir marron qui donne froid au contact de la peau. Il n'y a pas de ceinture de sécurité. À l'avant, les grands-parents n'échangent pas un mot. Le radiocassette grésille, sans doute un faux contact. La soirée touche à sa fin, le repas de famille fut long et terne, les cousins n'étaient pas là, je me suis ennuyée. Je me hausse vers la vitre et regarde la nuit éclairée. Personne ne dit quoi que ce soit dans l'habitacle, seul le bruit des pneus sur la chaussée glissante se fait entendre lorsque Michel Delpech cède l'antenne à Joe Dassin. Nous sommes en 1980 et il ne se passe rien.

*

Lors de ma première grossesse, je rêvais régulièrement que j'accouchais d'un singe, d'un chimpanzé pour être exacte.

*

Devant le lycée où j'attends ma fille aujourd'hui, il y a des ados qui portent des Converse, des Stan Smith, des Doc Martens, des Creepers, des bombers, des vestes en jean avec col en moumoute, des vestes de l'armée avec des tas de badges accrochés, des jeans mal coupés, déchirés aux genoux, des chemises à carreaux, des tee-shirts de groupes, des sweats XXL, des sacs US, des sacs à dos, des bracelets en plastoc, des bonnets no logo, des coupes de cheveux new wave, leurs écouteurs diffusent les Clash, les Smiths ou Joy Division, ils parlent de manifester contre le racisme et pour les droits des femmes, ils ne regardent pas la télé et se plaignent de leurs parents. Si ce n'était l'omniprésence de leurs portables, j'aurais l'impression d'être dans les années 1990 et de passer à nouveau mon bac.

*

J'ai fait l'amour avec dix-neuf hommes jusqu'à aujourd'hui, ce qui peut sembler à la fois peu et beaucoup. Avec l'un d'eux, j'ai partagé le même lit pendant plus de quinze ans. Seuls quelques-uns ont été des coups d'un soir. Dans ce cas précis, je me souviens des prénoms, pas vraiment de la baise en elle-même. J'ai eu peu de phases d'abstinence et, lorsque c'était le cas, je n'ai pas ressenti de manque. Je sais comment me donner du plaisir seule. J'ai également fait l'amour avec une femme. J'en garde un bon souvenir.

*

Parfois je me dis que j'ai connu le Tang, les cagoules, les sous-pulls orange, les cartables Tann's, le Kiki de tous les Kikis, *L'Île aux enfants*, *Chapi Chapo*, *La Dernière Séance*, les shows de Maritie et Gilbert Carpentier, *Le Grand Échiquier*, le rire de Denise Fabre et les boucles d'Ève Ruggieri, les Treets et les Picorettes, *Pif gadget*, la poupée Tinnie qui pissait comme une vraie, l'élastique et les billes dans la cour de récré, *Le Journal de Mickey*, les cartes d'identité en carton beige, les débats sur *Apostrophe* et les engueulades chez Polac, l'au revoir de Giscard, le Club des amies de Barbie, le Club Dial, les francs, les Diane, les DS et les 4L (que j'écrivais « quatre-ailes »), les chansons d'Yves Simon et de Philippe Châtel, *Au théâtre ce soir* où les costumes sont de Roger Harth et les décors de Donald Cardwell, le *Top 50* et « Salut les petits clous », les ouvreuses qui vendaient des esquimaux dans les salles de cinéma, l'arrivée de la gauche au pouvoir, Gainsbourg devenu Gainsbarre, les rues non piétonnes, Prisunic, les gens qui fument partout tout le temps et les fringues qu'il faut laver quand on rentre du restaurant, les K-Way, les gueulantes de Georges Marchais, le club de plage Lucky Luke, les magnétoscopes, les parents divorcés alors que c'était rare, les téléphones à cadran, les appareils dentaires qui te torturent la nuit, les patins avec quatre roulettes, les bons points, les synthés Bontempi, les consoles Atari, *Gremlins*, *Les Dents de la mer*, *Benny Hill*, James Bond incarné par Roger Moore, la victoire de Noah à Roland-Garros, les bracelets brésiliens, les années d'avant le McDo, écrire et recevoir du vrai courrier, Véronique et Davina, l'abolition de la peine de mort, les débuts du télé-achat, Madonna époque *Like a Virgin* et ses centaines de bracelets en plastique noir, le chocolat Merveilles du monde et aussi le Galak, *Morgane de toi*, le verlan, la coloscopie sans anesthésie, les tentes qui se montaient en largement plus de trois secondes, les mange-disques, le walkman, les cassettes deux titres, la naissance du CD, *Retour vers le futur*, la rentrée mi-septembre, les pulls Benetton, *Les Nuls, l'émission*, les derniers jours du disco, la chute du mur de Berlin, Sophie Marceau dans *La Boum* et Charlotte Gainsbourg dans *L'Effrontée*, Sidney et le smurf, *Top Gun*, *Careless Whisper* chanté par un George Michael que tout le monde croyait hétéro malgré sa coupe de cheveux brushinguée, les top-modèles qui avaient encore des seins et des hanches et qui, parfois, souriaient, *USA for Africa, Chanson pour l'Éthiopie* ou pour l'Arménie, Touche pas à mon pote, *Le Grand Bleu*, les pin's, les parties de baby et de flipper, Arnold Turboust, les cours d'éducation sexuelle, le film d'accouchement en cours de sciences naturelles en quatrième, des Valérie, Virginie, Céline, Stéphanie, Cécile, Guillaume, Vincent, Laurent, Julien, Christophe en masse, les sweats Blanc Bleu, les 501, les bombers, les vestes en daim achetées aux puces, *21 Jump Street*, Elmer Food Beat, la lecture de Boris Vian, la vie avant Internet, les recherches dans de vrais livres, les cheveux teints au henné, la new wave, la cold wave, les baccalauréats A2, F8 et G, la peur du sida, le malibu orange et le whisky coca, les jobs d'été, le début du grunge, les raves, *Les Enfants du rock*, le Deug, le Guronsan, les soirées en boîte, les premières fois et que tout cela, c'était il y a longtemps.

*

Nostalgymnastique (n. f.) : *stimulation mnésique de la pensée qui consiste à regretter de façon répétée des sensations, des objets ou des lieux disparus afin de provoquer leur résurgence.*

*

Au nombre des années passées ensemble s'additionnent les matins ensoleillés, les rires des enfants dans leur chambre de l'autre côté du mur, l'odeur du café qui passe et celle du pain grillé. Je mesure l'importance de ces minutes que je sens s'écouler lentement et constituer notre vie petit à petit. Je voudrais qu'à la place de l'heure d'été, il me soit fait don d'une heure supplémentaire pour rester ainsi allongée, dans l'attente de ce qui peut advenir, dans l'espoir de ce qui se dessinera peut-être – ou peut-être pas – à l'orée de ce jour qui commence. Je voudrais que le rêve ne s'échappe pas trop vite, que la porte reste entrouverte, j'ai la sensation d'être sur le seuil, dans un entre-deux qui ne sait qu'osciller et qui se joue de moi. Le cœur pèse lourd dans la balance, en déséquilibre. Étourdie par le vertige, je guette, je respire, j'écoute. J'entends les oiseaux dehors et je les imagine, en guirlande sur le fil, au bord de la route. En suspension. Le soleil leur pique les yeux. Il fait trop chaud, là, sous le duvet de leurs ailes. C'est inconfortable. Ils aimeraient bouger mais ils n'osent pas encore. Ils attendent de voir ce que va faire l'autre, celui juste à côté, qui hésite entre partir et rester. Ils attendent le bon moment, celui de prendre leur élan.

*

« Alors, qui sait ce qui nous passe en tête ? / Peut-être finissons-nous par nous lasser. »

Dominique A, *Le Courage des oiseaux*, 1991.

*

Octobre 1977.

Jeune femme bien sous tous rapports quitte homme bien sous tous rapports. Entre eux, une fillette de trois ans. Derrière eux, un mariage hâtif d'adolescents trop vite devenus parents. Devant eux, un divorce pas vraiment à l'amiable, pas vraiment à tort. Entre eux, une petite fille bien sage, à grosse frange et pull rayé marron et orange. Derrière eux, une maison à peine achetée, des murs à retaper, un gouffre financier. Devant eux, une vie à s'éviter, une vie à raccommoder, une vie à réécrire. Entre eux, une enfant qui ne dit rien, une enfant qui écoute, une enfant qui écrit dans des cahiers cachés sous un lit de fer forgé. Derrière eux, des amis qui restent, des amis qui s'éloignent. Devant eux, de nouvelles connaissances, de nouvelles amours, de nouvelles séparations. Entre eux, un chagrin personnifié, un ratage incarné, une erreur de parcours. Derrière eux, quelques mensonges peu reluisants, quelques incapacités pardonnables. Devant eux, une vie bien rangée, une vie explosée, les chemins peuvent varier. Entre eux, des rancœurs tenaces, des fissures sous les cuirasses, des douleurs insondables. Derrière eux, une fillette qui sourit, qui prend la main, qui tend la joue, qui fait ses devoirs, qui travaille sagement, qui ne pleure pas, qui ne comprend pas bien ce qu'on ne lui explique pas. Devant eux, une femme qui s'éloigne, un peu distante, un peu sévère, une femme qui ne sait pas y faire avec son père et sa mère.

*

Mes spécialités culinaires sont le poulet thaï et le fondant au chocolat. Je ne vise pas un grand nombre d'étoiles.

*

Le premier vrai baiser que j'ai donné, c'était au deuxième étage des Galeries Lafayette, au rayon des cartes postales. Malgré cela, lui et moi n'avons pas échangé un seul mot.

*

Il serait question d'aimer, il serait question de raconter. C'est ce qui se fait de nos jours, raconter. Mettre en mots. Encrer. Déverser. La sueur, la moelle, le sang. Le beau comme le sale. Ce qui brûle là, au-dedans. Le vivant. Des histoires de rien, brodées de petits motifs, ajustées aux entournures, un peu lâches par moments. Des histoires de rien, parce que le beaucoup ce n'est pas mon fort, parce que le plein je le connais mal, parce que je ne connais que le bancal, le boiteux, le casse-gueule, le branlant. Des histoires de rien, parce que je ne vise pas bien loin, parce que je me contente de peu, parce que je n'ambitionne pas de voir grand. Des histoires qui ne font pas de bruit et des histoires qui claquent. D'autres qui rythment une vie. Il faudrait que quelqu'un me dise par où commencer : je ne veux pas d'un début qui soit un commencement, je préférerais un début qui serait une fin et puis qui recommencerait, à l'envers, à rebours, à reculons. Une histoire qui se plante de trajectoire. Une histoire qui ne va pas tout droit. Je pourrais sans doute parler de moi.

*

La cuisine est vaste, lumineuse. Dans ma mémoire, le mobilier est en formica bleu pâle, mais peut-être que je me trompe. C'est une cuisine ouverte sur le salon, il n'y a pas de table, on n'y mange pas, c'est un grand espace dans lequel nous passons et nous attardons. À l'opposé du salon, une porte donne sur une salle de bains, avec une grande baignoire, et sur son rebord, un porte-savon et une bouteille en plastique figurant un chaton, que je joue à remplir et à vider, à remplir et à vider. Mes souvenirs d'enfance sont là, quelque part, disséminés dans cette cuisine. Le mardi soir, lorsque je dors chez eux, ils sont assis dans le salon et ils regardent le film de la première séance. Ils me laissent veiller. Je joue. La cuisine est éclairée sur ce salon plongé dans la pénombre, ils sont là et ils ne sont pas là. J'entends le film de loin, mais je ne l'écoute pas. Eux ne parlent pas. Je sais que pendant la réclame, ils m'appelleront pour me donner un carré de chocolat. En attendant ce moment je parle, seule, dans cette pièce où j'ai composé mon décor habituel. J'ai pris l'escabeau rouge, j'ai déplié ses trois marches et me suis fabriqué un bureau. Je l'ai disposé au centre de la pièce. Je m'y suis assise, avec une feuille et un crayon. Face à moi, sur deux chaises, j'ai disposé un bébé en plastique, celui qu'ils nomment le baigneur. Il porte une robe et des collants élimés qui appartenaient à ma mère lorsqu'elle était enfant. J'ai aussi installé un ours rêche et raide, qui m'ennuie un peu parce qu'il ne plie pas ses membres. Je leur fais l'école, je suis l'institutrice, je suis sévère et je les gronde souvent parce qu'ils ne sont pas attentifs et qu'ils ne travaillent pas. Je suis une petite fille sage, je suis première de ma classe, on ne m'entend pas, je suis discrète. On dit de moi que je suis l'enfant parfaite. Cela me plaît qu'on dise cela et je m'applique à jouer ce rôle. Ces mardis soir, ces soirs où, chez eux, j'envahis l'espace, j'occupe la cuisine, je joue à la maîtresse, je les sais dans le salon, ils sont là et ils ne sont pas là, je me sens chez moi, dans cette maison de vieilles personnes, dans cette maison pleine de tableaux et de cadres, de napperons et de bibelots. Je suis chez moi, le chien couché à mes pieds, le jardin si grand et la rivière tout au bout. Je suis chez moi, je chante le *P'tit quinquin* avec ma grand-mère et le mercredi midi nous mangeons des frites. Je suis chez moi lorsque je suis chez eux, je suis davantage chez moi que lorsque je suis chez moi. C'est là, dans cette cuisine, sur cet escabeau, dans la lumière du néon et les odeurs de cuisson, que se patine peu à peu la mémoire fugace de mes instants heureux.

*

J'ai toujours su que le temps ne ferait rien à l'affaire. À un moment donné, l'amour disparaît. Cela peut être une question de jours, de mois, d'années, cela finit par se tarir. Que l'on m'explique pourquoi j'ai adoré sa façon de raconter les histoires avant que cela me déplaise, que l'on me dise pourquoi nous pouvions accoler nos corps toutes les nuits avant que nos peaux ne se rencontrent plus. L'amour nous dénude après nous avoir vêtus. On se détache de tout ce qui nous lie, on se sépare de tout ce qui nous tient. On avance encore un peu dans les traces des pas déroulés ensemble, trajectoires de la mémoire et de l'habitude mêlées. Le chemin en lui-même devient la raison de continuer. S'en écarter est dangereux. Aveuglés par des lumières contraires, on peut perdre de vue l'horizon et être tentés d'emprunter d'autres sentiers. On s'essaie, on s'aventure, on s'illusionne, on s'évade. C'est un mirage. Lassé et confus, on fait demi-tour mais il n'y a plus personne sur le chemin pour nous tenir la main.

*

« Alors tu me demanderas encore jusqu'où irons-nous mon amour ? / Et jusqu'à quand ? / Comment avons-nous fait pour tenir jusque-là ? / Et comme à chaque fois je ne répondrai pas. »

Michel Cloup Duo,
Nous vieillirons ensemble, 2014.

*

Je me souviens de ce jour d'août 2003 où, en pleine canicule, j'ai croisé Fanny Ardant dans une rue de Barcelone. Alors que je suais sang et eau, elle portait des collants opaques, une robe noire, des gants, comme en plein hiver. Je me suis dit que c'était sans doute cela, l'élégance.

*

Lors d'une promenade, ma fille alors âgée de deux ans est tombée des épaules de son père où elle était juchée. Il a glissé sur une roche humide en traversant le lit d'une rivière. Dans sa chute, la tête de ma fille a heurté des pierres. Je me souviens de m'être enfuie dans la direction opposée, de m'être mise à genoux et d'avoir hurlé longuement mon Dieu mon Dieu, alors que je suis athée. Ce jour-là, j'ai pu constater mon absence totale de sang-froid. C'est lui qui s'est occupé de tout, encore une fois. Ma fille s'en est sortie avec un traumatisme crânien, des ecchymoses et la honte éternelle de sa mère.

*

En mars 1998, alors que je passais un concours de la fonction publique, j'ai découvert que j'étais enceinte. J'avais vingt-trois ans, pas un rond et nous n'étions pas prêts : je ne voulais pas garder cet enfant. Je me suis rendue au planning familial où une psychologue m'a reçue et m'a encouragée à le garder, pour le proposer à l'adoption. J'ai refusé. Une IVG par voie médicamenteuse a été programmée pour la semaine suivante. J'y suis allée, il m'accompagnait. À l'accueil, j'ai dit que, la nuit précédente, j'avais eu très mal au ventre et perdu du sang, on m'a dit que ce n'était rien. On m'a mise dans une chambre seule et on a vérifié que j'avalais bien les comprimés. Les heures se sont écoulées lentement, il ne se passait rien. J'entendais des filles sortir des chambres voisines les unes après les autres. Elles avaient *expulsé*, pas moi. À un moment, je lui ai dit de rentrer chez lui, de ne plus attendre. J'étais gênée de lui infliger cela. Je suis restée seule. J'ai attendu et j'ai fini par sonner. On m'a demandé quel était mon problème. J'ai dit que je voulais une échographie, que cette attente n'était pas normale. On a soupiré et on m'a envoyé un interne. Il m'a transférée sur un brancard et fait traverser la maternité. Là il a mis le produit glacé sur mon ventre, a regardé rapidement et m'a déclaré : « C'est vide là-dedans. » Personne ne m'a expliqué que j'avais fait une fausse couche, personne ne m'a dit ce que je devais faire ensuite, alors je me suis rhabillée et je suis rentrée.

Quinze jours plus tard, lors de la visite de contrôle avec le chef de service, je me suis plainte des conditions de mon accueil. Cet homme en blouse blanche m'a alors dit : « Vous étiez quand même bien contente de nous trouver quand vous en avez eu besoin, il aurait fallu réfléchir avant. » Puis il a engueulé une infirmière devant moi, pour la forme.

*

C'est parce qu'ils avaient acheté cet album et aimaient beaucoup cette chanson que mes parents m'ont prénommée Lisa. À l'époque, c'était un prénom assez peu répandu en France. J'ai aimé être la seule à m'appeler ainsi à l'école, dans le quartier. J'appréciais cette originalité, même si tout le monde l'écorchait, m'appelant tour à tour Isabelle, Élise ou même Alice, et si l'orthographe était souvent malmenée. J'étais la fille au prénom bizarre. Finalement cette chanson, c'est presque tout ce qu'il me reste de mes parents ensemble. J'ai oublié cette période de ma vie, avec eux. Mais j'ai cette chanson. L'histoire d'une fille seule, dans le noir, que personne ne remarque. Depuis quarante ans, cette fille n'est jamais très loin de moi. Elle ne me quitte pas. Alors j'essaie d'accorder nos pas.

*

« And maybe one day I will free her / Though I know no one can see her / Lisa Lisa, sad Lisa Lisa. »

Cat Stevens, *Sad Lisa*, 1970.

*

Inévitablement, on sent que le lien s'amenuise, cela s'effiloche et personne n'y peut rien. On ne peut que constater la perte, la disparition progressive de ce qui a été. Le chagrin envahit peu à peu la poitrine palpitante, l'estomac noué de spasmes, les jambes flageolantes, on le sent courir le long des nerfs qui se paralysent et se crispent, on le sent infiltrer les vaisseaux sanguins, charriant goutte à goutte au creux des veines une hépatite moribonde. Le lien se délite. Il se déchire par lambeaux, on entend ce déchirement, c'est un cri sourd qui emplit les tympans et résonne jusqu'au fond du cerveau. On ne parvient plus à penser. On ne sait plus que rendre, par vagues, par ondées qui fluent et qui refluent, jusqu'à la nausée, vomissements par saccades, corps qui se vide, qui se désertifie, qui s'antarctise. On chagrine, on âme en peine, on perte de repères, on accidente cérébral. Le souffle coupé, on parcourt les distances qui n'en semblent que plus gigantesques, point de côté égratignant les côtes, gouffre béant devant les pieds et dans lequel il nous faudra bien descendre. Reste à appréhender cette fin, l'observer, en dessiner les contours avec des mots, la rendre palpable, lui donner une existence. Et lorsqu'elle est prégnante, on peut l'accueillir et la nommer. Rupture. Les forces nous abandonnent, une à une elles se font signe et leur adieu se répercute en écho sur la peau asséchée. Le lien agonise. On contemple en silence ce sang qui coule, qui s'écoule de ce cœur qui pleure, c'est bien nous qui gisons dans ce lit froid, au chevet de notre amour qui lentement se meurt.

*

Lorsque notre premier enfant est né, je l'ai regardé prendre le bébé dans ses bras avec une aisance et une simplicité que je n'avais pas imaginées. J'ai su immédiatement qu'il s'en sortirait mieux que moi.

*

Un jour, à la radio, ils ont annoncé la mort de Dalida. C'était en mai 1987, j'avais un peu moins de treize ans. Ma mère était dans la salle de bains, elle transportait toujours la radio allumée avec elle dans toutes les pièces de l'appartement, c'était assez pratique d'ailleurs, on pouvait la suivre au son (ou la fuir, au choix). Moi j'étais dans ma chambre, située face à la salle de bains, j'entendais très bien ce qui se tramait sur Europe 1. Je me souviens de l'incrédulité avec laquelle j'ai accueilli cette nouvelle. Je n'en revenais tout simplement pas. J'ai écouté les émissions spéciales toute la journée. Pourtant c'était idiot, je n'aimais pas plus que ça Dalida, je n'écoutais pas ses chansons, à vrai dire elle ne me faisait ni chaud ni froid. Je la regardais parfois dans les shows télévisés, avec ses robes lamées et ses longs cheveux dorés qu'elle entortillait autour de ses doigts. Je me souviens surtout de son strabisme et de son corps parfait « pour une femme de son âge » (c'est ce que je pensais alors : avec le recul je ferais moins la maligne, moi qui ai plus de deux fois dix-huit ans). Sa mort m'a fait l'effet d'un électrochoc. Ainsi une femme belle, célèbre, fortunée, adulée, pouvait se suicider. Je me souviens qu'elle avait laissé une lettre à ses fans dans laquelle elle leur demandait de lui pardonner. J'avais trouvé ça terriblement triste. Je n'avais, à l'époque, pas compris la dépression, l'addiction, la solitude, le manque d'amour, l'incompatibilité au monde. J'avais à peine treize ans et je ne comprenais rien. Ce n'est que longtemps après que j'ai cru entrevoir pourquoi la mort de Dalida m'avait autant remuée : il y avait sa réplique, en face de moi, qui se baladait un poste de radio à la main.

*

Vincent Delerm a écrit un texte qui parle de Dalida. J'ai eu la sensation qu'il m'avait dérobé sans le vouloir un pan de ma mémoire. Sa chanson s'intitule d'ailleurs *Robes*.

*

Je suis une fille particulièrement décousue.

*

Je l'aimais. Je ne le lui disais pas. Pas assez. Pas comme il aurait fallu. Il m'aimait. Il me le disait. Pas toujours comme je l'aurais voulu. J'avais peut-être regardé trop de films et lu trop de livres. Je pensais que l'amour devait tout bouleverser. Je me trompais, je ne le savais pas. Je ne mesurais pas son respect, sa patience avec moi, sa bienveillance. Je me fabriquais des manques. Je m'inventais des vides. Je m'attachais à des chimères. Je ne voyais pas son amour posé là, à hauteur de mes yeux, de mes épaules et de ma bouche. Je ne voyais rien. Je m'aveuglais. Un matin, je ne suis pas parvenue à me lever. Je ne savais plus comment aimer.

*

Je ne possède qu'une seule photo de mes parents ensemble.

*

Que reste-t-il lorsque les amis sont partis et que les tables ne sont pas débarrassées ? Il reste le souvenir de leurs regards, les paroles qui flottent dans l'air, les cendriers qui débordent et les verres vides qu'on met toujours un certain temps à ramasser.

*

J'ai douze ans. Mon père que je ne vois qu'un week-end sur deux m'annonce qu'il va partir vivre à plus de mille kilomètres de moi. Je crois me souvenir qu'il me propose sur le moment de partir avec eux, que je peux décider cela si je le veux. Mais comment pourrais-je faire ça à ma mère ? Elle a besoin de moi, elle va si mal, elle n'y survivrait pas, alors je secoue la tête et je réponds : « Non, je vais rester ici. » Je suis en cinquième. Depuis quelque temps, mes résultats se sont mis à chuter, à croire que je me doutais de quelque chose. J'ai honte et je cache mon carnet de liaison au fond de mon cartable. Quand mon père demande à voir mes notes, je lui dis que j'ai oublié mon relevé chez ma mère. Il ne m'interroge pas davantage. Plus tard, le même week-end, je regarde les albums photo chez lui, dans le salon. Je regarde ces photos de lui et de moi, je suis toute petite, il me tient la main, je souris, je regarde mon visage tourné vers celui de mon père, je vois l'amour dans mes yeux, je le ressens dans les siens. Et, dans un élan, je prends ces photos et les dissimule dans mon cartable, sous le carnet de liaison, à l'intérieur même peut-être bien. Puis je n'y pense plus. Le dimanche soir, mon père m'appelle dans ma chambre. Je l'y rejoins. Mon cartable est vidé. Il tient dans une main le carnet de liaison et dans l'autre les photos. Mon cœur bat à tout rompre. Il est en colère. Il me dit que je suis une menteuse et une voleuse. Je pleure. Je m'entends encore hurler de l'autre côté de mes larmes : « Tu vas partir et tu vas me laisser là toute seule, tu vas m'oublier. » Il me répond : « Arrête, tu sais bien que c'est faux. » Mais je crie encore et je pleure encore alors il m'attrape et, en me bousculant maladroitement, il me pousse sur mon lit. Je reste là, recroquevillée, je sanglote. Il sort de ma chambre.

C'est la première et unique fois que mon père aura un geste de cet ordre avec moi mais je me souviens de cette douleur qui m'a fait suffoquer. Je ne voulais tellement pas qu'il parte.

De cela, nous ne reparlerons jamais.

*

On cherche les lignes droites, mais elles sont éparses et on doit se résoudre à suivre le mouvement.

*

Je suis une fille peu accommodante, une mère peu tactile, une amoureuse peu démonstrative.

Je me donne si peu que je me demande ce que je peux bien faire du reste.

*

Je pourrais bien porter une jolie robe, une jolie de chez jolie, une qui tourne un peu et glisse contre la peau, une robe de soie moirée, une robe du soir, une robe de satin chatoyant, une petite robe noire, je pourrais porter une de ces délicates paires de chaussures qui font la jambe fine, qui font la jambe interminable, je pourrais porter une veste bien coupée, une veste de couturier, une veste de créateur, je pourrais même être belle, oui je pourrais, s'il ne fallait que cela, je pourrais me coiffer et relever mes cheveux çà et là, déposer une goutte de parfum au creux de ma nuque, je pourrais être séduisante et on me regarderait et on me complimenterait et on me sourirait, mais malgré cela, malgré la certitude d'avoir tout comme il faut, malgré les regards qu'on poserait sur moi, malgré les compliments éloquents, malgré les sourires élogieux, malgré ce reflet de moi croisé dans le miroir, je continuerais à être celle qui n'y croit pas, celle qui ne s'aime qu'à demi, celle qui ne sait pas pourquoi.

*

« Dis-moi ce que tu veux que je sois, comment tu veux que je sois… Je ne peux pas être cela, je ne peux pas être tout ce que tu me demandes d'être. »

Gena Rowlands, dans *Une femme sous influence*, de John Cassavetes, 1974.

*

Je vois ses yeux s'embuer et je sais qu'elle va pleurer. Le professeur de maths n'a pourtant encore rien dit, elle est un peu trop discrète, un peu trop intimidée. Il lui annonce ses derniers résultats : un 16,5 en devoir surveillé et un 19,5 en devoir à la maison. Je n'ai jamais eu des notes pareilles, même pas en sixième, comme elle. Je lui dis que tout va bien, que je suis fière d'elle, qu'elle peut être fière aussi. Je la regarde pleurer à gros bouillons, je lui caresse la joue, les cheveux. Le prof dit qu'il va se mettre à pleurer à son tour si elle continue. Alors elle sourit entre ses larmes, pour trouver une contenance. Je lui prends la main pour sortir de la salle 101 et aller vers la 214 rejoindre la prof de français, devant qui elle pleure de nouveau, parce qu'elle a confondu adverbe et adjectif dans un exercice. À cet instant, je pense que je n'en ai rien à faire de la grammaire, mais que je donnerais cher pour que ma fille ait davantage confiance en elle.

*

Souvent je me dis il faudrait c'est le moment il est temps si ce n'est pas maintenant ce sera jamais il faudrait mais encore il n'y a pas de raison les autres y arrivent bien tous les autres ou presque pourquoi pas moi pourquoi pas essayer commencer débuter envisager se lancer y aller vraiment pour une fois.

Et rien ne vient. J'abandonne systématiquement. Je m'inscris dans la tragédie tranquille du renoncement.

*

Longtemps, j'ai cru que l'amour de mes enfants pouvait m'emplir tout entière. Je n'avais pas encore compris qu'en les étouffant de la sorte, c'est en réalité moi-même que j'asphyxiais.

*

Il m'est arrivé d'être infidèle. Avec le recul, je trouve cela assez vain.

*

La route des vacances, les kilomètres d'une vie qui défilent sur le compteur de ma mémoire en fuite, les concerts où j'allais le voir jouer et où plus tard je n'irais plus, les enfants si petits, si blonds, ma main dans la leur et de moins en moins dans la sienne, les soirées où le jour revient toujours trop tôt, les rendez-vous dans Paris lorsqu'il y habitait, un voyage en Pologne, les premiers pas de mon fils dans un parc de Montréal, les restos indiens du passage Brady, les jardins de Majorelle, la chapelle Sixtine, l'admiration pour cet homme, sa manière d'appréhender le monde, son intelligence lumineuse, sa culture immense, les réunions familiales, les étés sous la tente, sa tendance à nager loin au point de me faire craindre qu'il ne revienne plus, les amis qui sont restés, ceux qui sont partis, cette maison dont j'ai peint les murs et qui n'est plus la mienne, les nuits à marcher dans la rue au hasard parce qu'on ne sait plus ce qu'on espère de la vie à deux, ces disques que nous voulions tous les deux garder, ces films que nous ne verrons plus ensemble, mon envie de lui dire ce qui m'arrive et mon incapacité à le faire, mon désir de connaître ce qui lui arrive et ma peur de le lui demander, la distance qui se creuse, le chagrin de la séparation, la nostalgie de l'avant, les possibles de l'après.

*

J'aimerais comprendre ce qui fait qu'on aime puis qu'on n'aime plus.

*

« Je ne quitte jamais personne, dit Boccara, c'est trop fatigant. Tant qu'à faire, j'aime mieux être quitté. Ça m'évite de décider. »

Jean Echenoz, *Les Grandes Blondes*, 1995.

*

Petite, j'aimais raconter que Daniel Balavoine était mon oncle. Cela me valait un certain succès dans la cour de récréation, sauf les jours où à la cantine on faisait opération bol de riz par solidarité avec l'Éthiopie.

*

J'ai peur des autres lorsque je conduis. J'ai peur d'être la spectatrice choisie par un comédien pour monter sur scène. J'ai peur des animaux qui piquent, et ils sont nombreux. J'ai peur de prendre la parole en public. J'ai peur d'aller chez le coiffeur. J'ai peur de passer une mammographie. J'ai peur du réchauffement climatique. J'ai peur que mon fils se fasse renverser par une voiture lorsqu'il traverse sans regarder. J'ai peur des numéros de téléphone que je ne connais pas. J'ai peur des chiens d'attaque. J'ai peur du vide lorsque je suis en montagne. J'ai peur de perdre la mémoire un jour. J'ai peur de la foudre. J'ai peur de prendre des antidépresseurs. J'ai peur d'aller à une fête où je ne connais personne. J'ai peur des conseillers bancaires. J'ai peur lorsque je reçois un courrier recommandé. J'ai peur lorsque quelqu'un marche derrière moi la nuit. J'ai peur de dire non. J'ai peur d'être transparente pour les gens que j'aime.

*

Au moment de passer la porte, je me retourne et regarde l'appartement. Le long couloir encombré de manteaux et d'écharpes, le parquet qui grince à l'endroit de la septième latte, les cadres mal alignés. Il y a des années de ma vie sur ce mur, des années d'une vie ensemble. Il y a des livres dans la bibliothèque, des livres que j'ai choisis, lus, relus, d'autres que je n'ai pas achetés, d'autres enfin qui me sont inconnus. Il y a des piles de papiers sur le bureau, des enveloppes ouvertes, des dossiers superposés. Il y a quelques photographies en noir et blanc qu'il aurait fallu trier et puis cette affiche d'un film italien accrochée en face du canapé, souvenir lointain d'un goût commun pour les films anciens.

J'aimais la lumière de cet appartement, une lumière parfois bleutée lorsque le soir tombe. J'aimais le silence du moment où, le monde endormi, je buvais une tisane seule dans la cuisine. Le matin, nous écoutions la matinale de France Inter, nous nous parlions peu en prenant un thé. Nous nous parlions de moins en moins à mesure que les années passaient. Nous nous estompions. Je ne sais pas très bien ce qui nous a manqué. La légèreté peut-être, un peu de folie, un peu de fougue. Un peu de vie. Lentement, je me suis éteinte à ses côtés, il s'est éteint aux miens, nous avons renoncé. J'ai laissé s'envoler l'élan qui me portait lorsque, adolescente, j'ai quitté mes parents. Je me suis coulée dans le confort tranquille du quotidien, dans la douceur mélancolique de la normalité. Je m'y suis même sentie bien. Je ne comprends pas ce qui s'est passé. J'aime encore cet homme, je l'aime, mais je ne l'aime plus comme avant. Il me semble que je n'ai plus d'autre choix que celui-là, partir.

Je regarde l'appartement, je regarde cette vie ou plutôt ce qu'il en reste. Et puis je prends ma valise, passe la porte et la referme silencieusement.

*

Il y a toujours ce moment dans *La nuit je mens* où Bashung prononce ces mots, « des kilomètres de vie en rose », et où je me mets à chialer, y a rien à faire.

*

C'est d'abord un peu flou. Mais des couleurs passées, fanées, flétries, tout peut soudain ressurgir. Reviennent alors en mémoire d'infimes détails de l'enfance : l'odeur de l'herbe coupée dans le jardin derrière la maison, la musique des manèges qui font tourner la tête et fermer les yeux, la croûte sur le genou que l'on gratte avant même qu'elle ait eu le temps de cicatriser et le sang que l'on porte à sa bouche – pour goûter –, les abeilles que l'on observe de loin parce qu'elles nous font peur et cet incessant bourdonnement dans la chaleur du jour qui finit, l'odeur de la terre que l'on prend à pleines mains et le délitement du sable entre nos doigts, les nombreux souvenirs de voyage en voiture sur des sièges en skaï qui collent aux fesses, les vacances en Espagne avec les cousins et le maître-nageur qui s'appelle Juan, *La Isla Bonita* en fond sonore, couchés sur la banquette arrière de la Fuego des grands-parents. Il y a le club de plage à Saint-Jean-de-Monts, les concours de déguisement et les courses en sac de jute. Il y a des cartes postales de camping sous la canadienne et la pluie de Bretagne qui nous cueille au réveil. Il y a le souvenir tactile des sous-pulls en polyamide qui grattent, du marron et du orange sur une salopette en velours, d'un blouson en fausse fourrure qui sent le synthétique, d'un cartable plein de craie écrasée pour écrire sur les ardoises. Il y a aussi des regards : le regard doux posé sur des parents que l'on aime sans trop se questionner et le regard attendri que l'on pose ce soir sur nous, enfant, avec notre frange à échelle devant les yeux et le goût du carambar dans la bouche. Il y a les prénoms des premières copines d'école et la cour de récréation où l'on jouait avec des pneus et où l'on sautait à l'élastique. Il y a les week-ends chez papa et les autres chez maman, il y a cette douleur sourde de se sentir seule si souvent, et dans les yeux le manque de quelque chose, le manque de tout sans savoir quoi. Il y a les soirées où l'on observe les adultes qui discutent, caché derrière la porte du salon, où l'on ne comprend pas bien ce qu'ils disent mais où l'on est heureux de les entendre, là dans le noir, tandis qu'ils fument plein de cigarettes en écoutant Crosby, Stills, Nash & Young dans des canapés recouverts de coussins en macramé. Sur le polaroïd s'épanouissent mille sensations, des choses que l'on revoit, des choses qui nous font palpiter le cœur et le ventre. On se rappelle les premiers chagrins et les premiers émois, de ceux dont on croit qu'ils dureront toujours. On se rappelle nos rêves tellement grands qu'il nous semblait pouvoir les atteindre, on se rappelle les peurs inégalées et les peines inconsolables. On se rappelle qu'on avait huit ou dix ans. Ce n'était pas pour autant le bon temps.

*

J'ai souvent en tête le visage de Meryl Streep observant par la fenêtre d'une voiture Clint Eastwood qui l'attend sous la pluie. J'aimerais qu'elle ouvre grand la portière et se précipite pour le rejoindre.

*

L'instant était solennel et dans le même temps empli d'une peur sourde. Se dire pour de bon que l'on ne vivra plus ensemble, se le dire dans un cabinet froid, apposer nos signatures au bas de documents dont les termes n'ont rien à voir avec l'amour, devant un type en cravate qui débite son discours impersonnel, l'entendre énoncer des mots que je ne comprends pas, nous regarder nous perdre dans ce charabia juridique, acquiescer, l'un et l'autre assis sur des chaises jumelles, comme déplacés de nous-mêmes. Le petit théâtre de la séparation. Tout cela n'a rien à voir avec nous. Pourtant il fallait bien que ce jour arrive, ce jour que nous redoutions tout en le désirant. Il fallait que cela nous libère et nous dise d'aller voir plus loin. Même si c'est difficile. Même si c'est impensable. Même si ce n'est pas pour ça qu'on s'était engagés au début. Même si l'on a fait nos enfants tous les deux et qu'on est heureux de les avoir eus ensemble. Même si l'on ne croit pas qu'il puisse y avoir de la place pour quelqu'un d'autre. Même si l'on pense que cela ne peut pas finir. Un jour arrive où cela finit. Oui, cela finit. En un moment ce soir-là, quelques minutes tout au plus, tout fut fini. Madame et Monsieur, je vous laisse rentrer chez vous, bonne soirée et bonne continuation. Nous sommes sortis du cabinet et nous avons marché dans le soir. Mes pas glissaient sur le parvis gelé mais je me suis retenue de m'accrocher à son bras. Je ne pouvais plus faire ces choses-là. Je n'en avais plus le droit. J'en ai eu envie. Nous sommes entrés dans un café où nous n'étions jamais allés et avons commandé une bière. Il y avait un petit groupe de lycéens bruyants, pour eux l'aventure commençait. Et puis il y avait nous et ce grand vide après avoir tant partagé. Mais voilà la vie. La vie. Les erreurs. Les décisions. Les non-dits. Les si-j'avais-su. Les peut-être que. Les pourquoi. La vie. J'aurais voulu avoir les bons mots, les bons gestes. J'aurais voulu lui demander pardon. Je n'y suis pas parvenue. Il m'a dit qu'il fallait avancer, reconstruire, vivre, vivre du mieux qu'on peut. Que toutes ces années avaient valu la peine. Que nous ne devions rien regretter, parce qu'il n'est plus temps de regretter. Parce que ce qui compte c'est d'être heureux, et que parfois l'être ensemble ne fonctionne plus. Que peut-être il y aurait un autre quelqu'un dans nos vies, mais que cela ne remplacerait pas, ne se substituerait pas. Car l'histoire ne s'arrête pas là. L'amour ne meurt pas. On continue, on prend un autre chemin, on bifurque mais on ne se quitte pas des yeux. Cela reste nous deux. Le café allait fermer, les lycéens étaient partis depuis longtemps, la patronne empilait les chaises, elle nous a confié qu'elle avait peur de glisser sur le verglas avec sa voiture en rentrant. C'était une conversation banale, ce soir ne l'était pas. Nous sommes sortis, la nuit était tombée. Nous nous sommes pris dans les bras. Quelques instants. Et puis nous sommes rentrés, chacun de son côté. Séparés.

*

Certaines nuits, il arrive encore que je me réveille et que je me retourne dans les draps en le cherchant à côté de moi.

*

COUPLABILITÉ (n. f.) : *habilité du sujet à éprouver un sentiment de faute après avoir mis à mal l'avenir de son couple, et par conséquent l'équilibre familial.*

*

Avec ma grand-mère le mercredi après-midi, nous allions parfois prendre le goûter dans un salon de thé en ville. Il fallait commander pâtisseries et boissons chaudes au comptoir du rez-de-chaussée, puis nous montions un escalier en haut duquel attendait un serveur en livrée qui nous escortait dans le salon. Les tables étaient recouvertes de nappes délicatement brodées et de couverts en argent. Paris-Brest et autres religieuses étaient servis dans des assiettes de porcelaine finement gravées, et leur dégustation s'accompagnait d'un cérémonial de lenteur et de délectation. Je n'osais pas bouger tant la préciosité de l'endroit m'impressionnait et me remémorait sans que je les aie connues les origines bourgeoises de celle qui se tenait devant moi. Je regardais le doux visage de ma grand-mère et ses doigts pâles porter à sa bouche la tasse de thé noir. À ce moment précis, il me semblait que fondaient dans ma bouche toutes les saveurs du paradis.

*

Lorsque j'ai perdu ma première dent de lait, la petite souris m'a apporté une Barbie. La même nuit, ma mère se faisait fracasser la tronche par l'homme avec qui elle vivait alors.

Par la suite, je n'ai plus perdu aucune dent de lait. Il a fallu toutes me les arracher.

*

On voudrait que la vie ressemble toujours à un festival d'été, à la chair de poule qui nous prend certains soirs trop rares, au générique des séries télé des années 1970, à une boule à facettes qui se reflète sur la piste de danse, au sourire involontaire qui naît sur les lèvres du bébé qui vient de boire, à un film de Woody Allen qui déambule dans New York en noir et blanc, à un coup de fil qui dure toute la nuit, au phrasé maladroit de Rosanna Arquette, à un résultat d'élection qui met en joie, à l'insouciance des débuts, à une valse de Brahms, au moment où quelqu'un nous serre fort dans ses bras comme ça pour rien, aux secrets de l'enfance écrits dans des cahiers sur des feuilles à grands carreaux, à une aventure bretonne du *Club des cinq*, à une balade en vélo sous le soleil sur un chemin de campagne, aux larmes qui viennent parfois en regardant une photographie que l'on avait oubliée, à la beauté d'une rencontre imprévue, à du pop-corn qui éclate, à un compliment qui fait monter le rouge aux joues, à l'odeur de l'herbe fraîchement coupée dans laquelle on marche pieds nus, aux deux dernières minutes de *Sensitive* des Field Mice, à une robe à paillettes qui brille dans la nuit, à la trouille du premier rendez-vous, à une bataille d'eau par 40 degrés, à une fête improvisée chez des amis, à la main d'un môme dans la nôtre, à un mot d'amour qu'on se dit à l'oreille, au jus de la pastèque qui dégouline dans le cou, à un long trajet sur des nationales au mois de juillet, à un café partagé en terrasse, à la Coupe du monde de 1998, aux battements d'un cœur entendu au monitoring, à des retrouvailles sur un quai de gare, à une peur enfin surmontée, à un roman que l'on ne peut lâcher, aux yeux de la personne qu'on aime lorsqu'elle nous regarde.

*

« Il ne faut pas se séparer, ce n'est pas bien pour les enfants. » J'ai si souvent entendu ce refrain. J'ai parfois l'impression que j'aurais été moins jugée si j'avais tué quelqu'un.

*

« Sous mon pull-over, pas tranquille, ça fait boumboum, c'est pas docile. »

Alain Souchon,
J'ai perdu tout ce que j'aimais, 1977.

*

La nuit, une semaine sur deux, j'entends leurs respirations dans la maison. J'entends les bruits qui émanent de leur sommeil, j'entends leurs souffles décalés, derrière les portes entrouvertes des trois chambres. Je suis dans mon lit et je les écoute. Je sais qu'ils sont là.

La nuit, une semaine sur deux, j'entends les bruits de la maison. J'entends l'escalier qui ronchonne, les radiateurs qui chouinent, les bruits du boulevard et ceux qui me font sursauter quand je ne les reconnais pas. Je suis dans mon lit et j'écoute. Je sais qu'ils ne sont pas là.

En revanche, je ne sais pas si l'on finit par s'habituer à ce rythme bancal, fait de vides et de pleins.

*

« Je tiens à te dire que tu n'es quand même pas une mère modèle. »

Mon fils, à huit ans.

*

Il y a cette grande fille blonde, vraiment grande et vraiment blonde, qui est assise juste devant moi. Je l'écoute me dire qu'elle n'y croyait plus et que c'est revenu. Oui, aussi étrange que cela paraisse après des années de vide, tout est revenu. L'envie est revenue. Le désir est revenu. L'exaltation est revenue. Elle-même est revenue, revenue à elle. Parce qu'on en revient, de tout cela. Je l'écoute et je la regarde. Je me dis que c'est cela l'existence, une grande vague scélérate, de celles qui nous retournent, nous plaquent la gueule contre le sol et nous laissent exsangues, enlisés, empêtrés, et puis, alors qu'on ne s'y attend plus, libérés, soudain, libérés de nous-mêmes. Je l'écoute et je la regarde. Je me dis que c'est cela l'existence, une grande blonde assise en face de moi et qui, lorsqu'elle me parle d'elle, me parle aussi de moi.

*

Disséquer décortiquer dépecer démantibuler détruire revenir sur ses pas reculer s'arrêter avancer quand même écrire l'histoire déchirer les papiers questionner les souvenirs interroger les doutes délibérer du chagrin comprendre comprendre qu'il n'y a rien à comprendre s'évanouir s'épanouir perdre pied s'enliser s'effondrer s'écrouler toucher terre avoir peur perdre confiance prendre conscience appréhender apprendre apprécier à sa juste valeur évaluer se dévaloriser se déprécier analyser diagnostiquer repenser se dire et si se demander pourquoi être en colère souffrir pleurer hurler être dévasté se maudire dire redire pleurer encore hoqueter rester coi sangloter suffoquer étouffer respirer par à-coups respirer malgré tout se consumer encore un peu du feu de ce qui fut laisser aller laisser partir lâcher prise risquer l'oubli se contraindre à s'effacer être dépossédé ne pas lutter s'éteindre étreindre son rêve le voir se briser disparaître se désintégrer s'anéantir perdre consistance abandonner s'abandonner quitter être quitté accepter d'être triste affronter sa mélancolie trouver la force se relever pas trop vite prendre le temps mettre un pied devant l'autre un pas après l'autre lentement se tenir debout droite intègre entière reprendre corps se requinquer se serrer plus fort se donner la main s'encourager espérer croire envisager parler dire les choses collecter les sensations mettre bout à bout les images consigner les sentiments les écrire noir sur blanc noter souligner inscrire s'inscrire remettre les choses à leur place en ordre à plat colmater coller recoller réparer soigner guérir peut-être reprendre confiance essayer oser s'ouvrir sortir s'extirper se libérer se sauver se laisser surprendre se regarder dans les yeux en face pour de vrai inspirer expirer un grand coup souffler soupirer respirer survivre.

*

Moi aussi, j'ai hurlé « Patrick » un soir devant un type qui me donnait rendez-vous dans dix ans.

*

J'ai toujours eu l'impression d'être la préférée de mon grand-père. Nous avions des secrets, des rituels, des habitudes. De ce monde que nous nous étions construit tous les deux, année après année, les autres étaient exclus. Une nuit, j'avais alors vingt et un ans, il a fait une rupture d'anévrisme. Les secours ont été appelés à temps, il a pu être sauvé. C'était une grosse opération. Il a passé plusieurs jours en réanimation, puis il a repris connaissance. Enfin, nous avons pu le voir. Toute la famille était montée pour l'occasion, ses deux fils, ses belles-filles, ses deux autres petits-enfants. Toute cette famille qui vivait loin le reste du temps. On nous a fait enfiler des blouses de papier, mis des charlottes sur la tête, des chaussons. Pour ne pas le fatiguer, nous ne devions rester que quelques minutes. Ma grand-mère, elle, ne le quittait jamais. Lorsque ce fut mon tour, j'ai passé le rideau qui délimitait sa chambre et je me suis approchée. Il était méconnaissable, amaigri, c'était très dur de le voir ainsi, mais j'ai souri et lui ai dit : « Bonjour papi. » Il m'a longuement regardée, puis il s'est tourné vers ma grand-mère et, dans un souffle, lui a demandé : « C'est qui ? » À ce moment, j'ai vu un réel vide dans son regard. Il ne me reconnaissait pas, il avait reconnu tous les autres, mais il ne me reconnaissait pas, moi. Dans le couloir, je me souviens de m'être recroquevillée sur moi-même et d'avoir été submergée par le chagrin. Les autres me disaient de ne pas m'en faire, qu'il allait s'en sortir, qu'il n'aurait sans doute pas de séquelles. Ils ne comprenaient pas. Je ne pleurais pas sur les suites de l'opération. Je pleurais sur ma disparition.

*

Ma mère me téléphone systématiquement les soirs où elle est ivre. Je ne supporte pas de lui parler quand elle est dans cet état. Je choisis de ne pas décrocher lorsque son numéro s'affiche sur l'écran de mon portable. Cet événement peut se produire plusieurs fois par semaine.

*

« Un. Maman a tort. / Deux. C'est beau l'amour. / Trois. L'infirmière pleure. / Quatre. Je l'aime. »

Mylène Farmer, *Maman a tort*, 1984.

*

Une machine de guerre. C'est ce que l'on dit de moi, c'est comme cela que l'on me considère. Un bloc de glace, un marbre, un rocher, une porte close. Une surface lisse sur laquelle rien ne vient riper. Sur la visière baissée, tout fait ricochet. J'ai enfilé l'un par-dessus l'autre une cotte de maille, un rideau de fer et un gilet pare-balles. Mes mécanismes sont bien huilés, mes défenses armées. Aux dires de certains, je suis un monstre, un robot sans âme, un automate sans cœur, en un mot, une machine. Que répondre à cela ? Je ne sais pas. J'ai bâti des murs autour des carences, édifié des remparts autour des douleurs. Je me suis repliée en boule, pour que rien ne m'atteigne. Je pourrais me briser à la moindre occasion. J'entends ce que l'on dit de moi, dure, insensible, froide. Je ne sais plus comment prouver que ce n'est pas vrai. Mais le temps passe et le courage me manque.

*

J'écoute cette amie qui me raconte sa séparation. J'entends sa détresse, j'entends sa colère. Je vois combien elle est triste, mais elle cherche à rester digne. Elle parle des enfants qu'elle doit s'habituer à voir une semaine sur deux, des amis avec qui elle s'est brouillée, de sa grande maison qu'elle va occuper seule. Je l'écoute, je la regarde. Je me dis que nous n'étions pas du même côté de la main lâchée et que pourtant tout cela je l'ai ressenti, comme elle, je l'ai vécu, comme elle, je l'ai éprouvé dans ma chair, comme elle. Je sais comme la meurtrissure est profonde lorsque l'histoire s'arrête, que la fin soit écrite par l'un ou par l'autre. Au fond il faudrait se dire que le terme finit toujours par arriver et chérir cette parenthèse, parfois durable, où l'on s'aimait, de la même façon, pour les bonnes raisons. Et puis laisser partir, quand il est temps, l'espoir fou d'un amour constant.

*

Woody Allen a dit : « Chacun doit trouver sa solution. » Personnellement, je la cherche encore.

*

Peut-être est-ce la faute des années 1970. Tout le monde autour de moi grattait une guitare et chantait faux dans des soirées qui s'étiraient jusqu'au matin. La vie était envisagée comme une chanson folk, doucement révoltée, acoustiquement enfiévrée. Peut-être est-ce parce que mon père et ma mère écoutaient beaucoup de musique et que les pochettes de vinyles étaient pour moi comme des livres d'images. Peut-être est-ce parce que les hommes avaient les cheveux longs et des chemises à carreaux et qu'ils avaient tous un petit quelque chose de Bob Dylan sur la pochette de *The Freewheelin'*. J'ai toujours aimé les garçons qui faisaient de la musique. C'est vers eux que je suis allée, ceux qui chantaient, ceux qui jouaient. J'ai aimé des garçons qui écoutaient de la soul, du punk, de la chanson à textes, de la cold wave, de l'électro. Je ne me suis rien interdit, sauf peut-être le métal. Je suis tombée amoureuse de celui qui m'a fait écouter Richard Desjardins, et pourtant je n'aurais jamais cru qu'on pouvait me séduire avec un titre déclamé en québécois. J'ai adoré celui qui, une nuit, m'avait envoyé une playlist de quarante morceaux. J'en ai aimé avec qui j'ai écrit des chansons, parfois elles ont même été enregistrées et les bandes se cachent encore dans les profondeurs de mon ordinateur. J'ai été enthousiasmée par un type qui me customisait des pochettes de CD. J'ai chéri celui qui collectionnait les tee-shirts de groupes et m'en a offert plusieurs qui se languissent de lui dans mon armoire depuis son départ. Il y a toujours eu chez moi des claviers, des guitares, des batteries, des amplis. Il y a toujours eu des compils, des best-of et des raretés. Je ne sais pas encore de quel instrument jouera le prochain mais si je rencontre un type qui n'écoute jamais rien, qui lorsque je lui parle d'un morceau ne réagit pas, je sais que l'histoire n'aura aucun avenir et je préférerai arrêter là. J'ai aimé être aimée en musique, adoré être adorée en rythme, détesté être détestée en silence. J'ai une prédilection pour les garçons qui transforment l'amour en notes qui me portent.

*

Ce que j'ai d'abord remarqué chez cette fille, ce sont ses écouteurs Marshall autour du cou et son chignon haut sur la tête. Elle était en train de feuilleter un livre tout près de moi, sur le stand d'un éditeur où je m'étais offert deux ouvrages quelques minutes auparavant. J'ai trouvé qu'elle avait quelque chose de singulier, alors je l'ai regardée et puis je l'ai reconnue. J'ai reconnu le grain de beauté en forme de goutte sur le côté droit de son nez. J'ai aussitôt repensé aux *Nuits fauves*, à elle qui me fascinait alors, à sa façon de s'emporter, de s'affoler, d'aimer un type qui préférait les garçons et qui en est même mort. C'était il y a vingt-cinq ans. Je passais mon bac, je sortais beaucoup, je faisais n'importe quoi avec l'amour, je n'adressais plus la parole à mes parents, je rêvais de me casser loin et longtemps. Je me souviens comme ce film nous avait bousculés au début des années sida. Je me souviens de l'amour entre mecs, un truc que j'avais alors trouvé brutal mais fascinant. Je ne sais pas ce que j'en penserais si je revoyais ce film aujourd'hui, je le trouverais sans doute vieilli. C'est juste qu'à ce moment précis Romane Bohringer était là, à côté de moi, dans son minishort en jean et ses grandes bottes. J'ai pensé : c'est fou, elle doit avoir plus de quarante ans maintenant. Un peu comme moi, finalement.

*

Je me sens parfois aussi excitante qu'une entreprise en dépôt de bilan.

*

Je regrette de n'avoir jamais assisté à un concert de Bashung, de Gainsbourg, de Daniel Darc, des Stinky Toys, de Stereolab, de The Mamas and the Papas, de Neil Young, de Jackson C. Frank, de Carly Simon, des Beach Boys, des Beatles, de David Bowie, des Clash, des Breeders, de Sonic Youth, des Cure.

Mais j'ai vu Nirvana, The Velvet Underground et même Blondie. Ce n'est déjà pas si mal.

*

Je passe pour la première fois des vacances seules. Ce matin je me suis regardée nue dans un miroir en pied. J'avais envie de pleurer. Mais je ne l'ai pas fait. Je suis allée me baigner. L'eau était froide et c'était bon. J'ai observé les enfants des autres jouer dans le sable. Je ne sais pas ce que font les miens en ce moment. Il faudrait que j'arrête le café. Je n'en buvais jamais avant. Je ne fumais pas non plus. Avant. Quand il envoie un message, il ne dit même plus bonjour. C'est donc cela qui advient quand tout est terminé. Je ne m'y habitue pas. J'écoute en boucle une chanson de Joy Division. Je la remets dès qu'elle s'achève. Je perds le contrôle. Ma vie s'égare dans ses microsillons. Mes copines me téléphonent pour être sûres que tout va bien. J'ai les marques du maillot dessinées sur les fesses. Je mange des moules à l'apéro. Je bois des bières au goulot. Sur la plage bretonne, une petite fille cherchait du « sable cru ». J'ai hâte de lire le prochain roman de Jaenada. Je me souviens de cette soirée, il y a au moins vingt ans, où, dans un bar du XVIIe arrondissement, il m'avait dit qu'il allait écrire et que je m'en souviendrais. Et j'avais souri, pensant qu'il me racontait des craques pour me draguer. Puis un jour, j'ai vu son nom sur une pile de romans dans une librairie. Il n'avait pas menti. J'ai eu une insomnie la nuit dernière. Lundi on m'a demandé mes mesures pour servir de modèle. Mardi j'ai vu *Before Midnight* mais cela m'a rendue triste. Il a plu toute la nuit. Un midi on m'a invitée au restaurant. J'ai mangé une complète, puis une crêpe au caramel. J'ai pris un méchant coup de soleil dans le dos. C'est traître le soleil voilé de la Bretagne, on ne sent pas le danger. Personne n'est là pour me passer de la crème. Je vais aller acheter le numéro spécial sexe des *Inrocks*. Au téléphone, ma fille m'a parlé des enfants qui vivent pour la première fois ces vacances avec elle. Et elle a ajouté : « Je ne saurais pas dire si ça me plaît. » Pendant un moment, j'ai pleuré. J'ai écrit comme tous les soirs. J'ai douté comme tous les soirs. En revanche, je ne lis plus rien. Je n'aime pas quand je ne lis pas. Je fais un régime à base uniquement de sardines et j'ai perdu 2,4 kilos. Je voudrais qu'on me regarde dans les yeux. Je voudrais qu'on m'attrape par les hanches. Je voudrais qu'on me renverse sur un lit. On me dit qu'il vaudrait mieux être raisonnable. Je n'ai pas envie d'être raisonnable.

*

J'ai huit ans. La barque de mon grand-père glisse le long des hortillonnages. Les rames qu'il manie habilement la font avancer à coups de soubresauts réguliers. Assise à l'avant, je contemple l'étendue devant moi. La surface est recouverte d'une pellicule de lentilles d'eau d'un vert presque phosphorescent. Les branches des saules pleureurs frôlent mes épaules et s'agrippent à mes cheveux. Alors que nous approchons d'un rieu, il me semble que ses deux rives s'écartent pour nous frayer un passage. J'ai l'impression d'être Alice aux pays des Merveilles.

*

Jean-Louis Trintignant, Jean Rochefort, Jean-Paul Belmondo, Lino Ventura, Yves Simon, Patrick Dewaere, Jean-Marc Barr, Denis Lavant, Bernard Giraudeau, Sami Frey, Robert Hossein, Michel

Piccoli, Pierre Clémenti, Jean-Pierre Léaud, Robert Redford, Paul Newman, Marcello Mastroianni, Sean Connery, Steve McQueen, Clint Eastwood, Serge Gainsbourg, Christophe, Alain Bashung, Tom Waits, Bruce Springsteen, Joe Strummer, Jackson C. Frank, Marlon Brando, Terence Stamp, Kirk Douglas, Peter Falk, Peter Sellers, Woody Allen, Nick Hornby, Dustin Hoffman, Mel Gibson, Charles Bukowski, John Fante, Dennis Hopper, Henry Fonda, Harvey Keitel, Jim Jarmusch, Neil Young, Lou Reed, David Bowie, Bryan Ferry, Ian Curtis, Morrissey, Robert Smith, Kurt Cobain, Étienne Daho, Jacno, Alain Souchon, Philippe Chatel, Mathieu Boogaerts, Albin de la Simone, Vincent Delerm, Peter von Poehl, Alex Beaupain, Florent Marchet, Jean Leloup, Philippe Jaenada, Olivier Adam, Édouard Baer, Vincent Macaigne, Ryan Gosling, Johnny Depp, Aidan Quinn, Matthew Broderick, Harrison Ford, Ethan Hawke, Christian Slater, John Cusack, Jim Carrey, Edward Norton, Forrest Whitaker, River Phoenix, Joaquin Phoenix, Matt Dillon, Keanu Reeves, Casey Affleck, Ben Affleck, Jeff Bridges, Sean Penn, Brad Pitt, Michael Pitt, Henry Hopper, James Franco, Javier Bardem, Kevin Spacey, Matthew Fox, Paul Rudd, Yvan Attal, Jacques Higelin, Bertrand Cantat, Mathieu Amalric, Cédric Kahn, Albert Dupontel, Charles Berling, André Dussolier, Didier Bezace, Vincent Lindon, Roschdy Zem, Jean-Hugues

Anglade, Simon de La Brosse, Guillaume Depardieu, Melvil Poupaud, Yarol Poupaud, Jérémie Elkaïm, Tahar Rahim, Matthias Schoenaerts, Bertrand Belin, Benjamin Biolay, Julien Doré, Dominique A, Joey-Starr, Bob Marley, Gary Oldman, Sam Shepard, Christoph Waltz, Viggo Mortensen, Mads Mikkelsen, Jason Schwartzman, Bill Murray, Ben Stiller, Adam Goldberg, Adam Driver, Michael Fassbender, David Duchovny, Joseph Gordon-Levitt, Mark Ruffalo, Vincent Gallo, Leonardo Di Caprio, Michael Jackson, Prince, Ben Harper, Will Oldham, Bon Iver, David Herman Düne, Baxter Dury, Glen Hansard, Jens Lekman, Lou Barlow, Julian Casablancas, Fabrizio Moretti, Devendra Banhart, Sufjan Stevens, Damon Albarn, Beck, The Tallest Man on Earth.

À un moment de ma vie, j'ai vécu une histoire d'amour avec chacun d'entre vous, parfois même avec plusieurs d'entre vous simultanément, en toute clandestinité. Il y en a avec qui c'était plus compliqué qu'avec d'autres, mais franchement, je ne regrette pas. Merci les gars.

*

Je sais mon âge, l'emplacement de mes grains de beauté, la légère malformation de mes genoux, les sillons de mes veines sur mes bras, mon rythme cardiaque, mes cicatrices, ma pilosité que j'entame à la pince, la platitude de mes fesses, la longueur de mes doigts. Je sais mon impatience, mes trouilles, mes manques et mes manquements, mon besoin de reconnaissance, mes insatisfactions, la culpabilité qui me taraude, l'envie d'y arriver même lorsque je n'y arrive pas. Je voudrais bien parler d'autre chose que de moi. Mais je me tourne autour et je ne me connais pas.

*

Je me souviens du trajet que je faisais à pied de mon immeuble vers l'école située dans le quartier nord. Je me souviens des escaliers qui montaient vers les classes de l'étage et qu'un jour je les ai dévalés sur les fesses. Je me souviens de madame Lesage, madame Mabille et monsieur Schricke, mais j'ai oublié les noms des autres. Je me souviens de l'étude et des dictées préparées. Je me souviens de Stéphanie, ma copine qui habitait au premier étage de mon immeuble alors que moi j'étais au troisième : un jour nous avions eu une si grande dispute que nous avions divisé la cour en deux, ceux qui tenaient pour elle et ceux qui tenaient pour moi. Je me souviens que les insultes les plus fréquentes entre filles étaient sale gouine et pédette. Je me souviens qu'en CE1 le nom de famille de mon amoureux était Béguin et que tout le monde s'amusait à dire qu'il avait le béguin pour moi. Un jour, il m'avait invitée à son anniversaire chez lui, j'avais tellement peur que je m'étais attachée à mon lit pour que ma mère ne m'y envoie pas : finalement, j'y étais allée et on s'était à peine parlé. Je me souviens que je jouais à l'élastique, à la corde à sauter, aux billes et aux comptines qu'on chante face à face en se tapant dans les mains. Je me souviens de la purée de pois cassés à la cantine. Je me souviens de « L'araignée, l'araignée est tombée dans le plat de purée bien salée, bien poivrée, c'est Giscard qui va la manger ». Je me souviens que nous étions classés selon nos bulletins, que j'oscillais toujours entre les trois premières places. Je me souviens que j'étais fascinée par les jumeaux de ma classe, Jennifer et Michaël. Je me souviens qu'en récompense on nous donnait des bons points et qu'au bout de dix bons points on avait une image et qu'au bout de dix images on avait une grande image : c'était à qui en aurait le plus. Je me souviens que Mohamed avait soulevé ma jupe un jour devant les toilettes des filles mais que c'était resté mon copain. Je me souviens de « Éperviers, sortez ! ». Je me souviens des tours de piste sur le stade en contrebas de la cour. Je me souviens de l'école le samedi matin, parce que parfois mon père venait me chercher et que j'attendais la voiture devant la grille de l'école désertée. Je me souviens que j'avais peur de quitter l'école Schweitzer pour aller au collège car je pressentais déjà que plus rien ne me semblerait aussi léger par la suite.

*

Avant, je ne pensais jamais à la mort. Désormais il m'arrive d'envisager que je meure. C'est un cauchemar qui revient souvent. J'imagine que je mourrai une nuit, seule, chez moi. J'imagine que personne ne se sera inquiété. J'imagine qu'on ne découvrira mon corps qu'un vendredi soir, au moment où je suis censée reprendre les enfants. J'imagine que ce sera leur père qui me trouvera et qu'il sera triste à cause de moi. J'y pense parfois et cela me terrorise. J'ai peur de ne plus être là pour mes enfants, peur de ne plus être là pour personne, peur de ne plus être là du tout.

*

Dans trois semaines, on vote pour la présidentielle. Le seul programme que j'ai reçu est celui du Front national. J'ai la nausée.

*

Ce n'est même pas le premier du mois et sur le compte il n'y a déjà plus rien. J'ai beau regarder défiler la page de la banque en ligne, cela ne fera pas apparaître de zéro supplémentaire au zéro qui me zieute avec un dédain sournois. Je manque de rigueur : si je faisais mes comptes, je n'en serais pas là. Il ne s'agit pourtant pas de ça. Je fais les comptes et ils se défont tout seuls. J'ai le bas de laine percé, qui s'effiloche par tous les bouts sans que je parvienne à le raccommoder. Il me suffirait d'un mois, un seul mois sans toucher à rien, un mois sans factures, un mois sans bouffer, un mois sans dépense, un mois blanc pour se refaire. Un mois, ce n'est pas grand-chose. Mais dans la vie, cela n'existe pas les mois comme ça. Parce qu'à chaque fois tout recommence, le 1er, le 15, le 28 du mois, comme des numéros du loto qui ne rapporteraient jamais gros. C'est une litanie, une chanson à l'éternel refrain, une saignée régulière, une plaie qui ne se referme pas. J'ai cherché des solutions. J'ai vendu des vêtements, j'ai fait des heures sup, j'ai supplié ma famille, jamais fière de le faire.

Mais le renflouement n'a qu'un temps et, comme une vague, cela revient. La béance, le vide, le fond des fonds. Il y aura toujours le gaz qui augmente et la voiture qui tombe en rade et l'appareil dentaire du petit et les courses au supermarché. Ce n'est pas encore le 1er du mois et ce n'est même pas février, le petit mois, le seul où je m'en sors un peu mieux. La couronne que me recommande le dentiste attendra, après tout ça fait déjà deux ans que ma molaire est dévitalisée, elle n'est plus à ça près.

*

Un soir, alors que je suis fatiguée et de mauvaise humeur, ma fille me regarde et me dit : « Je t'aime parce que tu es vraiment humaine. »

*

Si je ne devais garder qu'un seul roman, je serais bien emmerdée, mais je crois tout de même qu'il s'agirait de *Haute fidélité*, de Nick Hornby : des listes, de la musique et des histoires d'amour ratées. Un bon résumé de ma vie.

*

J'aime regarder les gens qui dansent. Je m'attarde sur cette fille, au milieu de la piste, celle qui a les yeux fermés. Je fais corps avec elle. Elle ne voit rien, elle se concentre sur les pulsations de la musique. Il fait chaud. Elle a retiré sa veste. Elle transpire. Le tissu de sa robe colle à ses cuisses. Elle s'en fout, elle voudrait que ça ne s'arrête pas. Elle ne sent plus trop ses jambes. Elle sait seulement qu'elles la portent, encore. Elle sait bien qu'on regarde ses jambes, elle les sort exprès pour ça. La nuit, sous les néons. Elle continue à danser. Ses cheveux sont humides. Sa nuque est moite. Son teint est hâlé, c'est la fin de l'été. Il y a des gens autour d'elle mais elle les ignore. Il n'y a qu'elle ce soir, elle et la musique. Le remix dure plus de dix minutes. Elle lève les bras au-dessus d'elle. Ça pourrait ne jamais s'arrêter et elle continuerait à danser. Il y a ce type au bar qui la regarde. Elle le sait. Une fille sent ces choses-là. Alors elle danse pour le type, pour qu'il la mate, pour l'allumer, même si elle s'en fout du type, même s'il ne compte pas. Ce qui compte, c'est de se vider la tête, c'est de se laver la peau, c'est de se rincer le cœur de l'autre qui n'est plus là. Elle dilue son souvenir dans les basses, elle assourdit sa mémoire. Elle noie cette histoire, ce qu'il en reste, sous la boule à facettes qu'elle devine les paupières fermées. Elle a le tournis, presque la nausée. Elle titube. Elle n'a pourtant rien bu ou si peu. C'est juste cet amour qui la flingue. Alors elle vient danser, les yeux fermés. Seule. Dans sa robe trempée. Il paraît qu'un DJ peut vous sauver la vie. Elle s'en moque. Elle peut bien crever ici. Personne ne sauve une fille qui danse toute seule.

L'instant est suspendu, impressionnant la pellicule de la nuit qui s'achève, le morceau touche à sa fin, la musique s'étire, lancinante et sourde. Je m'égare.

*

Lorsque j'étais au lycée, en classe de français, nous avons étudié *L'Éducation sentimentale*. La prof était relativement mauvaise. Néanmoins, je me souviens de l'engouement qu'avait provoqué en moi la notion de cristallisation théorisée par Stendhal et mise en scène par Flaubert lors de la rencontre entre Frédéric Moreau et madame Arnoux : « Ce fut comme une apparition. » Obnubilée par la lecture répétée de cet extrait, j'y lisais la définition même de l'état amoureux et espérais une révélation du même ordre à chaque fois que je croisais un garçon dans la rue. Dès lors, j'en oubliais de regarder ceux qui s'intéressaient à moi tant j'étais convaincue que la lumière surgirait de l'inconnu. C'est ainsi que, pendant des années, je n'ai rien vécu, tout occupée que j'étais à tenter vainement de cristalliser.

*

ÉLECTROLOVOGRAPHIE (ELG) : *représentation graphique de l'activité amoureuse du cœur, nommée électrolovogramme. Cette activité électrique est liée aux variations de potentialité amoureuse des cellules spécialisées dans la cristallisation (lovocytes) et des cellules spécialisées dans l'automatisme et la conduction des influx nerveux dans le système amoureux.*

Exemple : On ne peut plus rien pour cette patiente docteur, son ELG ne donne plus signe d'activité.

*

Il m'arrive d'appeler des amies le soir pendant des heures. Cela me semble bien plus efficace qu'une consultation chez le psy.

*

Longtemps on m'a dit : Surtout faut pas chercher. / Tu as essayé les sites de rencontre ? / Il faut prendre ton temps. / Tu dois te rendre disponible dans ta tête. / C'est bien aussi la masturbation. / Celui-là, c'était pas le bon. / Au moins, maintenant, tu sais ce que tu ne veux plus. / Ce sera sûrement un type avec des enfants. / C'est bien aussi d'être seule. / Un de perdu, dix de retrouvés. / Y a vraiment personne qui te drague ? / Regarde pas ses fringues, un mec ça se relooke. / T'es encore jeune. / Trois enfants ça n'effraie personne, voyons. / Les filles ça ne te tente pas ? / Vaut mieux être seule que mal accompagnée. / Ça arrivera quand ça arrivera. / Je ne connais que des nanas célibataires, c'est con. / Être amoureux, c'est pas donné à tout le monde.

/ Les mecs c'est tous des salauds. / Un jour ça te tombera dessus. / Faudrait sortir. / Au moins t'as tes enfants, c'est déjà ça. / Un jeune ça ne te tente pas ? / Ça doit être bien d'avoir tant de temps pour soi. / Tu dois d'abord faire ton deuil. / L'homme idéal n'existe pas. / Le prince charmant non plus. / Je t'envie, moi je préférerais ne pas avoir de mec. / Tu dois aller souvent au cinéma. / T'as pensé à t'acheter un sextoy ? / On s'en fout de ce qu'il écoute comme musique. / Faut qu'il soit gentil. / Faut qu'il soit célibataire. / Faut qu'il soit pas idiot. / La beauté c'est surfait. / Un sexfriend ça ne te tente pas ? / T'as de la chance en fait. / Le couple est un modèle petit-bourgeois. / Tu regardes autour de toi au moins ? / Tu ne finiras pas vieille fille. / Le prochain sera le bon. / Profite de ta liberté. / Il existe mais tu ne le connais pas encore. / Un ex ça ne te tente pas ? / Aie confiance en ta bonne étoile. / Au moins nos grands-parents ils se prenaient pas autant la tête. / Tu ne serais pas un petit peu trop exigeante ? / Si ça se trouve, il habite dans ton quartier. / La vie commune, merci bien. / Tu as touché le fond de la piscine, tu ne peux que remonter. / Si une fille comme toi rencontre personne, je comprends pas. / J'ai un ami célibataire mais je crois que c'est pas ton style. / Regarde, moi ça a marché alors que je ne m'y attendais plus. / Je t'assure que tu n'as jamais été aussi belle qu'en ce moment. / Un jour tout cela te semblera bien loin. / En tout cas les plans compliqués, oublie. / Ça peut arriver n'importe quand, paf. / Surtout faut pas chercher.

Ça tombe bien, je ne cherche pas.

*

« La question, c'est de savoir ce que je vais bien pouvoir faire... voilà. J'ai d'abord pensé écrire, mais je déteste ce que j'écris, alors... Ensuite, je suis passée à la photo mais c'est tellement nul : toutes les filles ont une phase où elles veulent être photographes ou faire du cheval. Vous voyez le genre ? »

Scarlett Johansson, dans *Lost in Translation,*
de Sofia Coppola, 2003.

*

C'est en défaisant les draps froissés de mon lit que je l'ai retrouvée. Là, entre le drap du dessous et le matelas. L'alliance qu'un jour ma grand-mère m'a donnée, je ne sais plus vraiment pourquoi, ni quel âge j'avais, ni à quelle aïeule avait appartenu ce bijou. J'ai gardé cet anneau comme on garde une relique. C'est devenu mon précieux. Cela faisait des mois que je l'avais perdue. Pourtant je change mes draps régulièrement : comment est-elle restée cachée là tout ce temps, je ne me l'explique pas. Cette alliance que je me suis empressée de replacer à mon doigt, même si elle est trop grande pour moi. Cette alliance qui se fait la malle, qui glisse, qui s'évade dès que je la passe à l'annulaire. Alors je lui tends des pièges, je la porte au majeur, élégante pour un doigt d'honneur, ou même au pouce, ce qui lui confère un petit côté punk, je la porte à l'index, ce qui revêt une certaine allure, je ne tente pas l'auriculaire. J'aime son aura de mystère. Je porte l'alliance d'une inconnue qui ne fut pas enterrée avec elle à son doigt, allez savoir pourquoi. Avait-on peur qu'on la lui vole dans son cercueil ? S'était-elle disputée avec son mari juste avant sa mort au point de lui jeter sa bague à la figure ? L'avait-elle confiée à quelqu'un pour qu'elle lui survive ? S'en était-elle séparée par absence de coquetterie ou pour arriver nue au ciel ? Personne n'a su me dire comment cette bague a pu traverser un siècle avant de venir à moi, moi qui précisément ne supporte pas l'idée du mariage, de l'union, du contrat. Je n'ai rien signé avec cette bague qui n'a de cesse de se jouer de moi. Je porte un anneau vagabond qui passe son temps à fuir et qui ne noue rien d'autre qu'un parfum d'aventure à une odeur de soufre. Je porte une bague rebelle qui bientôt disparaîtra, pour me laisser la chercher encore et encore, là-bas, dans de beaux bras.

*

Chaque fois que j'assiste à un mariage, je fredonne dans ma tête ces mots de Brassens : « J'ai l'honneur de ne pas te demander ta main / Ne gravons pas nos noms au bas d'un parchemin. » Je sais, ce n'est pas très sympathique.

*

J'ai essayé le silence. J'ai essayé la distance. J'ai essayé la compassion. J'ai essayé le chantage. J'ai essayé la douceur. J'ai essayé la violence. J'ai essayé les menaces. J'ai essayé les groupes de parole. J'ai essayé la psychanalyse. J'ai essayé les antidépresseurs. J'ai essayé l'abstinence. J'ai essayé les coups de pression. J'ai essayé les pétages de plomb. J'ai essayé la diversion. J'ai essayé la discussion. J'ai essayé les intermédiaires. J'ai essayé la famille. J'ai essayé la bienveillance. J'ai essayé la compréhension. J'ai essayé les retrouvailles. J'ai essayé les séparations. J'ai essayé l'amour. J'ai essayé la haine.

J'ai essayé de comprendre ma mère.

Sans résultat.

*

Je possède cinquante-sept paires de chaussures et quatorze paires de baskets. Il reste une marge de progression.

*

Alors on se dira que peut-être oui peut-être on a fait ce qu'on a pu pour en arriver là pour se trouver ici face à des portes closes qu'il faudrait défoncer mais qu'on laissera fermées.

On se dira que ce n'est pas notre faute que ce n'est la faute de personne que ce n'est même pas une faute si l'échec notre échec nous laisse sur le bord de la route hagards perdus abandonnés.

On se dira qu'il aurait fallu peut-être oui peut-être se parler davantage se toucher davantage se respirer davantage se rentrer dedans plus souvent parce que la surface même belle même polie n'est jamais qu'une surface.

On se dira c'est dommage oui vraiment c'est dommage de se quitter comme ça de se quitter maintenant de se quitter si mal mais y a-t-il une bonne façon ?

On se dira que peut-être oui peut-être on est allés au bout on est allés assez loin on est allés là où on devait on est allés là où on pouvait et que c'est bien triste que nos mains se séparent avant la fin de l'histoire.

*

Si j'adoptais un chat aujourd'hui, je l'appellerais sans doute Lexomil.

*

Ce soir, elle a les larmes aux yeux parce que ce garçon s'est moqué d'elle. Il lui a dit qu'il voulait, et puis qu'il ne voulait plus, il n'a pas dit pourquoi, il a dit qu'il expliquerait plus tard. En attendant, elle monte dans ma voiture, se pelotonne sur le siège passager, elle tient entre ses mains son carnet de correspondance, il est 17 h 30, tous les garçons et les filles sont là devant la grille agglutinés, tous les garçons et les filles de son âge qui se sont peut-être déjà embrassés. Je lui demande si ça va et elle me répond que non, je lui demande si ça va et elle me répond laisse-moi. Alors je me tais, j'allume le contact et je démarre. Plus loin, je laisse passer sa copine qui traverse sur le passage piéton, elle lui fait un signe de la main, elle lui sourit, je pense c'est déjà ça. Dans la voiture, après le silence, soudain tout s'emmêle, tout se mélange, dans son cœur de même pas quinze ans, elle me balance qu'elle en a marre, de tout, de moi, enfin non pas de moi, de son père, enfin non pas de son père, de cette vie, de tous ces poids qu'elle ressent là tout autour, qu'elle ressent entre lui et moi, et qui lui font le ventre qui tire et les yeux qui piquent. Il y a des larmes derrière ses mots, il y a des larmes et des chagrins de petite fille, il y a des je-ne-sais-plus-comment-faire-maman et moi qui ne sais pas davantage, qui lui dis ce n'est pas grave, qui lui dis ne t'en fais pas, qui lui dis ça va aller, ça finit toujours par aller, ce n'est pas si dur tu verras. Je voudrais tellement faire plus, faire mieux, faire mille fois mieux pour elle, que je ne sais pas si je fais si bien que ça. Je voudrais lui demander pardon. Elle a le cœur gros ce soir, elle a le cœur qui flanche, et j'aimerais qu'elle comprenne que ce n'est rien cette histoire de garçon, qu'il ne vaut pas cette peine qu'elle trimballe et ces mots tracés à l'encre dans son agenda, je ne les lis pas mais je les devine, après tout, moi aussi je suis passée par là. Je conduis, je me tais, cela ne me regarde pas, comment aurais-je les mots pour soigner ces maux qui ne font sens que pour elle, évidemment je ne les aurai pas. Mais j'ai ma main que je pose sur la sienne, j'ai mon souffle qui vient s'abreuver à ses cheveux, et mon amour que je glisse doucement dans sa poche. Un jour, peut-être, elle le sentira frémir au bout de ses doigts et elle en fera ce qu'elle veut. Cet amour, prends-le ma chérie, il est à toi.

*

Après minuit, dans un bar dont la cave aux murs de briques est voûtée, je danse pour la première fois depuis notre séparation sur un morceau de Cure. Un type me sourit. J'aime mieux quand les garçons ne pleurent pas avec moi.

*

« I try and laugh about it / Hiding the tears in my eyes / 'cause boys don't cry, boys don't cry. »

The Cure, *Boys don't cry*, 1993.

*

Je mets des semaines à perdre un kilo. Je n'aime pas les grandes salles de concert. Je ne mange plus de bonbons. Lorsqu'on m'appelle mademoiselle, c'est pour me vendre un truc. Je n'ai plus d'enfant ayant un âge à un chiffre. L'idée de faire l'amour dans une bagnole ne m'excite plus. Je ne supporte pas les gens qui font du bruit au cinéma. J'ignore quelles sont les émissions qui cartonnent à la télévision. Les traces de la nuit sur ma peau mettent plus de temps à s'effacer. Je ne porte plus de pull à col roulé, ni de jean large, ni de fluo. J'aime le vrai cuir. Je porte des bijoux discrets. Je suis fonctionnaire. J'ai cessé de me teindre les cheveux en noir il y a plus de quinze ans. J'écoute de la new wave sans me dire que c'est de la musique de vieux. Je ne consulte plus l'avis de mes parents depuis longtemps. Je ne vote plus avec enthousiasme. Il m'arrive de porter des talons de dix centimètres en journée. Parfois, je me fais draguer par des types beaucoup plus jeunes que moi. Je n'aime pas souvent la musique qu'écoutent mes enfants. Je ne vais plus danser en boîte. Je verse une somme tous les mois à une caisse de retraite. On me demande des conseils. Je ne crois plus au prince charmant. J'écoute de plus en plus France Culture. J'ai une crème antirides, même si j'oublie d'en mettre. Je sais quoi porter pour être sexy sans être déguisée. Je me donne l'impression d'être rabat-joie parfois. Cela fait plus de vingt ans que j'ai mon permis. Je ne fume plus jamais d'herbe. Je n'ai pas suivi le chemin que j'imaginais. J'ai des regrets. Je baise beaucoup mieux qu'avant. Je m'aime davantage maintenant. Je pense souvent à la maladie. J'ai vieilli.

*

Je peux passer des heures dans un bain. C'est une des raisons pour lesquelles voter vert me semble assez peu crédible.

*

J'ai toujours été plus Dorléac que Deneuve, plus Hardy que Dutronc, plus Igor que Grichka, plus Vanessa qu'Elsa, plus Beatles que Stones, plus Val Kilmer que Jim Morrison, plus Bill que Boule, plus Belmondo que Bébel, plus Han Solo qu'Indiana Jones, plus Huckleberry Finn que Tom Sawyer, plus Banana que Rama, plus Simon que Garfunkel, plus Haddock que Tintin, plus Satanas que Diabolo, plus Starsky que Hutch, plus Tony Curtis que Roger Moore, plus Harry que Sally, plus Thelma que Louise, plus Ajar que Gary, plus Columbo que Derrick, plus Eddy que Johnny, plus Rhett Butler que Scarlett O'Hara, plus Madonna que Cindy Lauper, plus France Gall que Michel Berger, plus Flaubert que Maupassant, plus Beauvoir que Sartre, plus Mano Negra que Mano Solo, plus Depardieu fils que Depardieu père, plus Elli que Jacno, plus Joey Starr que Kool Shen, plus Chichin que Ringer, plus Brad Pitt que Johnny Depp, plus Coppola fille que Coppola père. En revanche, je n'ai pas d'avis sur les frères Coen.

*

Pour aller d'un point A à un point B, il n'est pas rare que je passe par M, E ou X. Il ne faudrait pas croire pour autant que je n'ai pas l'esprit pratique. J'ai juste une forte propension à la curiosité.

*

À l'adolescence, lorsque ma mère s'absentait, je m'introduisais dans sa chambre pour essayer ses sous-vêtements. Je choisissais un soutien-gorge en dentelle noire, que je rembourrais de coton, et je mettais par-dessus un manteau de fourrure qu'elle ne portait jamais. J'enfilais une paire d'escarpins. Je pouvais me regarder longuement dans le miroir en prenant des poses que j'imaginais suggestives. J'avais peur que ma mère rentre plus tôt que prévu et qu'elle me découvre. La honte qui aurait pu en découler achevait de me troubler. Mais elle ne m'a jamais prise sur le fait et l'excitation s'est d'elle-même émoussée.

*

Quand j'ai gagné le premier prix à un concours de lettres d'amour, la mienne était remplie de mots écrits pour personne.

*

« Je perds la tête et mes cigarettes sont toutes fumées dans le cendrier, / C'est plein d'Kleenex et d'bouteilles vides, / J'suis toute seule, toute seule, toute seule. »

Chagrin d'amour,
Chacun fait (c'qui lui plaît), 1981.

*

J'ai toujours l'amère sensation de ne pas suffisamment chérir les gens que j'aime, de trop peu leur dire que je pense à eux, qu'ils me manquent et que j'aimerais les voir plus souvent. Je ne me donne pas suffisamment de mal dans mes relations amicales. Je peux rester des semaines dans le silence. Par la suite, j'ai des bouffées d'angoisse et j'envoie des salves de messages pour combler mes absences. Sur le moment, cela me rassure, même si le procédé est médiocre. Personnellement, je ne sais pas si je me serais choisie comme amie.

*

« J'ai l'impression d'avoir atteint une limite, d'être rattrapé par des trucs terribles, mais très rapidement, comme si j'avais été en attente avant. »

Un des personnages de *L'Âge des possibles*,
de Pascale Ferran, 1995.

*

J'ai plusieurs fois rêvé que j'étais Julie Delpy. Je racontais sans le vouloir des choses très drôles, j'étais intellectuelle et subtile, je savais rendre sexy mes névroses, les garçons fantasmaient grave sur moi, j'étais nettement plus blonde, j'avais moins de seins et plus de hanches, je parlais anglais parfaitement, je vivais à Los Angeles et Paris me manquait parfois, je jouais dans des films que je réalisais et dont j'écrivais les dialogues, je faisais la couv des *Inrocks*, les filles m'aimaient bien et voyaient en moi une bonne copine, je voyageais pas mal, je m'essayais à une carrière de chanteuse indé, je râlais assez souvent, je disais bite chatte couille en restant élégante, je lisais des essais sur Truffaut, je mangeais de la junk-food, je baisais plutôt régulièrement, je signais des autographes, je prenais le taxi, je posais dans *Elle* pour une série de mode punk-rock, je portais des lunettes à grande monture, à New York on disait que j'incarnais à merveille la Parisienne, à Paris on disait que j'étais celle qui avait réussi aux States, je riais souvent aux éclats, mon mec était raide dingue de moi. J'aime bien ce rêve.

*

J'attends toujours de vivre mon quart d'heure de célébrité warholien.

*

Tous ces gens qui me disent : « C'est impossible qu'il ne se passe rien pour une fille comme toi. » S'ils savaient à quel point je ne sais pas ce que c'est, une fille comme moi.

*

Pour remonter à pied du cinéma jusqu'à ma nouvelle maison, il faut seize minutes, mais ce soir j'ai fait traîner jusqu'à vingt. J'ai marché dans la nuit, les écouteurs sur les oreilles, j'ai marché au rythme de cette chanson d'Alex Beaupain qui commence par « Tes grains de beauté dans le dos, je les ai comptés un par un ». Je crois que peu de choses sont aussi belles que la musique écoutée au casque dans la solitude de la nuit qui tombe. J'ai marché le long du boulevard de la gare, j'ai marché le long des parcs et des jardins, j'ai marché dans la lueur des phares et sous celle des lampadaires, j'ai marché le long du trottoir qui me ramène chez moi. Il ne faisait pas froid. Je n'avais pas envie de me presser, je n'avais pas envie de rentrer. Il y avait des cordes qui me serraient le cœur, m'étreignaient le ventre, un peu comme ses mains quand il les posait sur moi. Je souriais en marchant, invincible un court moment. J'aimerais parfois pouvoir appuyer sur pause et instantaner les jolis souvenirs pour qu'ils ne s'échappent pas. J'ai marché lentement, la chanson était finie, je l'ai remise, j'aurais voulu qu'elle ne s'arrête jamais. « Que reste-t-il de nos grands soirs ? » Il reste un bonheur rare, une fulgurance dans la nuit, juste quelques minutes, une douce éternité.

*

Si c'était possible, je tendrais la main à la petite fille recroquevillée à l'intérieur de moi et je lui murmurerais : « Ne t'en fais pas, tout ira bien. »

*

Il n'était pas question qu'il passe la nuit chez moi ce soir-là. Ce n'était pas comme ça que cela devait se passer. Il devait me prêter un bouquin dont on avait parlé au téléphone, un bouquin qui était fait pour moi, m'avait-il affirmé. Alors ce bouquin il l'a apporté. Je n'étais pas au mieux de ma forme, il faut l'avouer. C'était une de ces soirées où ça pèse pas mal, le poids du vide et du rien, de ces soirées où le trente-sixième dessous est encore bien loin de la vérité. Alors quand j'ai ouvert la porte et qu'il a vu ma tronche, il a dû se sentir obligé de rester. On s'est assis dans le salon, je lui ai proposé un truc à boire, mais il n'y avait plus rien parce que j'avais déjà tout descendu, alors il a pris une tisane. C'est bien aussi la tisane, c'est que des plantes, c'est sain. Mais bon, ce n'était pas l'ambiance des jours de fête, plutôt un soir de défaite. Y avait Leonard Cohen qui chialait sur la platine. Y avait moi qui chialais sur le canapé. Y avait lui qui buvait sa verveine juste à côté. Je lui ai raconté que j'en avais marre d'être seule, marre de mon boulot, marre de ma bagnole, marre de ma vie. Là il m'a répondu que j'exagérais, parce que ma caisse n'était quand même pas si pourrie. Il m'a fait rire, il est plutôt doué pour ça faut dire, ce n'est pas pour rien qu'il est mon ami. Parce qu'on en a passé des nuits à parler tous les deux, des nuits à constater que tout part en vrille, des nuits à refaire le monde, des nuits à se marrer, des nuits à picoler, des nuits avec des si.

Mais ce soir-là, je ne sais pas comment ça a basculé. Je sais qu'à un moment on s'est retrouvés nus dans mon lit. Je ne l'avais jamais regardé comme un type avec qui j'aurais pu coucher. Il était mon ami depuis trop longtemps pour qu'on envisage de transformer l'essai. Oui, mais voilà, il y a la théorie et il y a la pratique. En théorie, nous sommes des amis, et des amis ça ne couche pas ensemble. Des amis, ça va au restau, au ciné, voir un concert, un match, boire des bières, faire du shopping. Des amis, ça part parfois en vacances ensemble, mais pas trop souvent. Des amis, ça parle d'histoires d'amour, de chagrins et de bonheurs, de nuits torrides et de petits matins déçus. Des amis, ça tient la main quand on a mal, ça sait s'effacer quand tout va bien. Alors quoi ? Comment en était-on arrivés là ? Sa langue dans ma bouche et mes mains sur ses fesses. Un coup de folie. Un moment d'égarement. Un instant d'euphorie. On s'est sentis gênés, après. Je lui ai proposé de dormir là, parce que je n'allais tout de même pas le mettre dehors et que ce n'était pas la première fois qu'il dormait chez moi, même si d'habitude on ne faisait pas tant de préliminaires avant de se mettre au pieu. Alors on a dormi, serrés l'un contre l'autre, que faire d'autre ? Je me souviens qu'à un moment il m'a dit qu'il espérait que ça ne changerait rien, qu'on serait encore des amis, qu'on pourrait le rester même après ça. J'ai fait la fille à l'aise, évidemment que ça ne change rien, c'est une fois comme ça, on pourra dire qu'on a essayé et maintenant on sait qu'on ne recommencera plus, ahlala on est cons quand même. On a éteint la lumière et voilà.

Au matin, on n'a pas trop réussi à prendre un petit déjeuner, ça faisait truc de couple, ça me foutait les boules. On se regardait sans se regarder. On se parlait sans se parler. Il m'a dit qu'il devait bosser et qu'il préférait ne pas traîner. Il est rentré chez lui. Et en refermant la porte, je me suis dit que c'était bien lui tout ce bordel, que c'était lui qui m'avait répété que l'amitié entre fille et garçon, c'est rien que du pipeau. Qu'un mec a toujours envie de sa meilleure copine. Que la fille aussi, sauf qu'elle ne l'avouera jamais. Je lui ai longtemps soutenu le contraire, mais là je devais me rendre à l'évidence. On l'avait fait. La théorie, la pratique, hein ? Mes grandes idées, à la flotte. Je me sentais toute paumée, derrière la porte refermée. Sur le moment, je crois bien que j'aurais voulu qu'il sonne et qu'il revienne. Parce que, pour dire la vérité, j'avais drôlement aimé cette soirée. Parce qu'il m'avait fait oublier ma tristesse. Parce que j'avais adoré l'embrasser. Parce que sa peau sentait bon. Parce que ses yeux brillaient fort. Parce qu'il m'avait fait du bien. Parce qu'il m'avait donné envie de recommencer. Parce qu'il m'avait donné envie de l'aimer, ce qui est quand même très fort vu que je l'aime déjà, puisque c'est mon ami.

Pourvu que cela ne change rien.

*

Lorsque j'étais en classe de troisième, notre professeure de français nous avait fait successivement lire au cours de l'année *L'Amant, Le Diable au corps* et *Le Blé en herbe*. À croire que son principal souci pédagogique était de remplacer la fréquentation du Bescherelle par l'éducation sexuelle.

*

Je me souviens d'une fête du cinéma où, adolescente, j'ai vu *Les Amants du Pont-Neuf* trois fois de suite dans la même journée.

*

Ce soir-là, j'étais tout émoustillée à l'idée de vivre notre premier concert en amoureux. Ça faisait un moment que j'espérais qu'on pourrait aller voir ensemble ce groupe qu'il adore. Des soirées rien que lui et moi, ça n'arrive pas si souvent, on est rarement seuls finalement. J'étais impatiente. Je m'étais maquillée, j'avais détaché mes cheveux, je portais un pull à paillettes, un slim noir super slim, j'étais rock parce que je sais que c'est comme ça qu'il me préfère. Il y avait un très beau mec près de moi dans le public, mais je n'avais d'yeux que pour lui. Je ne le lâchais pas du regard, il n'aurait pas pu s'échapper bien loin. Ce soir, c'est à lui que je tenais fort la main. Ce soir, je n'étais rien qu'à lui. Et puis le chanteur cinglé est monté sur scène, a entonné *Live good*, et on s'est faufilés jusqu'au premier rang. J'ai aimé les lumières dans ses yeux. J'ai aimé le regarder danser, lui qui bouge comme un dieu. J'ai aimé son sourire dans la nuit tombée sur la scène en plein air. À la fin du concert, je l'ai pris dans mes bras, je l'ai serré contre moi et il m'a dit qu'il m'aimait. Je sais que notre histoire va durer très longtemps. C'est mon petit garçon et il n'a que dix ans.

*

« Faites la paix avec votre corps », « Dossier minceur », « Le bon look pour la rentrée », « Spécial rondes », « Vaincre la pression », « Soyez vous-mêmes », « Retrouver le désir », « Les secrets anti-âge », « Les aliments détox », « Le bon sport après les fêtes », « Et si on changeait de tête ? »

Je me demande pourquoi les magazines féminins s'acharnent à nous convaincre que nous n'allons pas bien.

*

Lorsque mon grand-père est mort, j'ai repensé à ce rituel que nous avions instauré lorsque j'étais enfant. Il se couchait souvent vers 21 heures, ce n'était pas quelqu'un du soir. Une fois qu'il était en pyjama dans son lit, j'allais dans sa chambre lui préparer, pour de faux, un café. Je me souviens d'une véritable mise en scène qui passait par un dialogue toujours identique. Monsieur prendra-t-il un sucre ou deux ? Avec un nuage de lait ? Je le lui servais dans un broc de porcelaine couleur vert d'eau. Il faisait alors mine de le boire et me gratifiait d'un merci beaucoup, mademoiselle. Alors je pouvais lui souhaiter une bonne nuit et éteindre la lumière de sa chambre, ravie. Je retournais ensuite au salon regarder avec ma grand-mère une émission de variétés ou un énième épisode de *Dynastie*.

Lorsque mon grand-père est mort, j'ai demandé à récupérer ce broc qui n'intéressait personne, dans l'espoir qu'un jour il revienne me demander de lui préparer un café.

*

Je mène une petite vie. Je finis par penser que cela me convient.

*

C'était une fille très brune, ses cheveux étaient presque noirs. Elle avait une peau très blanche et des yeux très bleus. C'était une vraie beauté même si elle se fringuait comme un sac. Elle fumait beaucoup et avait la réputation de se défoncer régulièrement. Elle me fascinait, moi qui étais si sage. On a commencé à se retrouver de temps en temps, elle et moi, le midi, pour discuter. Elle avait une voix grave, une voix de femme. Elle me disait parfois que j'étais jolie. Je sentais bien que quelque chose se passait. Mais je n'en parlais à personne, je gardais cette histoire pour moi. Elle était plus âgée que moi, avait un parcours scolaire chaotique, on disait d'elle qu'elle se battait souvent avec des garçons. Elle vivait seule dans une chambre de bonne en centre-ville, au-dessus d'un magasin de chaussures. Un mercredi, elle m'a proposé de passer chez elle après les cours. Ce n'était pas pour travailler, nous n'étions pas dans la même classe, elle était en B et moi en A. Je savais que c'était pour autre chose qu'elle m'invitait. Mais j'en avais envie et j'y suis allée. La chambre était plutôt exiguë, il y avait un matelas une personne et un couvre-lit bleu. Je me suis assise là, sans parler. Rapidement, elle m'a embrassée, je me suis laissé faire, j'ai même beaucoup aimé, ses baisers étaient doux et chauds, elle me regardait avec intensité et cela m'excitait. Elle s'est déshabillée, elle avait de jolis seins, elle a pris ma main pour que je les touche et je l'ai fait. Je ne crois pas avoir ressenti grand-chose, j'étais un peu gênée, j'ai retiré ma main, elle n'a pas insisté. Elle a ôté mon pull, puis mon jean, puis ma culotte. Elle a embrassé mes seins, caressé mon ventre en prenant tout son temps, puis elle a lapé mon sexe avec sa langue, elle l'a pratiquement dévoré et j'ai cru mourir. Je ne savais pas ce que je ressentais, une part de moi avait honte et l'autre adorait ça. Cela a duré assez longtemps, et même si je ne l'ai pas touchée, je l'ai laissée me toucher, là où personne n'était encore jamais allé. Nous ne nous sommes pas embrassées après. Je crois qu'on a bu un coca et je suis rentrée chez moi. Je l'ai revue le midi les jours suivants, elle m'a dit qu'on pourrait recommencer si je le voulais, je n'ai pas répondu. Un jour, elle n'est plus revenue au lycée. On disait qu'elle était tombée dans la dope, qu'elle avait été arrêtée, qu'elle s'était suicidée, on disait n'importe quoi. Je crois simplement qu'elle est partie. Elle n'avait rien ni personne, elle était libre et je l'enviais. Je ne l'ai plus jamais croisée. Je me souviens de son prénom et de son visage. Depuis, je n'ai jamais vu un tel regard se poser sur moi.

*

Peut-être faudrait-il prendre des résolutions, se résoudre, se raisonner, résorber les vices, recoudre les vides, colmater les brèches. Mais je laisse tout béant, ouvert aux quatre vents.

Je fais de l'incertitude mon objet d'étude.

*

La particularité des types qui me draguent ? Ils sont tous mariés.

*

On en connaît qui se barrent en douce, du style on s'appelle et puis finalement non on ne s'appelle pas alors on reste con et on attend connement, on en connaît qui font dans le mélodramatique et qui balancent les affaires par la fenêtre, comme dans un film italien des années 1960, avec des gens qui crient et des arrachages de cheveux par poignées, on en connaît qui attendent d'avoir trouvé d'autres draps dans lesquels aller glisser leur cul pour être sûr de ne pas passer une nuit seul à la fraîche, on en connaît qui écrivent de longues lettres avec plein de paragraphes et d'alinéas et de parenthèses et de digressions tant et si bien qu'à la fin la seule chose dont on est sûre c'est que l'autre se tire même si on n'a pas vraiment compris pourquoi, on en connaît qui disent qu'ils ne savent pas trop mais qu'ils ont envie de savoir même s'ils ne savent pas trop ce qu'ils ont envie de savoir, on en connaît qui font usage d'alcool, de drogues et autres psychotropes puissants qui leur donnent l'air si ravagé qu'on en est dégoûté, on en connaît qui font croire qu'ils vont se jeter par la fenêtre alors que quelques minutes avant ils semblaient parfaitement bien là où ils étaient, on en connaît qui collectionnent les mots d'excuse et les ressortent comme autant de bons points accrochés à leur tableau d'honneur, on en connaît qui poussent des hauts cris et n'en reviennent pas d'être restés jusque-là comme si c'était une faveur qu'ils nous avaient faite d'attendre aussi longtemps qu'on en arrive à cette extrémité, on en connaît qui passent devant le juge pour que tout soit bien clair bien carré bien établi avec lettre recommandée convocation officielle merci, on en connaît qui couchent avec tout ce qui bouge et nous le racontent après pour nous faire comprendre à quel point nous sommes aisément remplaçables, on en connaît qui regrettent de ne rien avoir à nous reprocher et ceux-là sont sans doute les plus durs à oublier, on en connaît qui ont besoin de mettre des coups, des beignes, histoire de bien amocher l'histoire et de tout saccager, on en connaît qui se volatilisent sans laisser de trace, qui effacent les numéros de leur répertoire et les adresses de leur carnet ni vu ni connu aussitôt disparu, on en connaît qui prennent des gants, qui prennent des plombes, qui prennent tout au final et nous laissent sans rien, on en connaît qui se répandent en larmes jusqu'à ce qu'on culpabilise de tout ce chagrin qu'on leur a causé, on en connaît qui s'en vont puis reviennent puis s'en vont puis reviennent jusqu'au tournis, on en connaît aussi qui essaient de faire les choses proprement, à la loyale, ceux-là sont rares, et c'est bien dommage.

*

Après une énième conversation téléphonique ressemblant à toutes les précédentes, j'ai dit à ma mère que, dans l'éventualité de son décès, je ne pouvais pas lui assurer que je serais triste.

*

Je ne sais pas comment cela s'acquiert, ni même si cela se conquiert, de hautes luttes en invisibles victoires. Peut-être que cela chemine, que cela se dessine en filigrane, entre les espaces de la mémoire et les sillons de la conscience. Peut-être que cela se travaille, que cela s'améliore avec le temps, les jours, les années, et qu'à un moment, arrivé sur le seuil, c'est posé comme un bagage à nos pieds. Peut-être que cela se transmet, que cela se donne, que cela se confie, que cela se murmure à l'oreille, souffle déposé sur le drap enveloppant la peau, haleine de rien qui réchauffe le tout. Peut-être que cela n'existe même pas. Peut-être que cela n'existe que parce que l'on y croit, un petit peu, très fort, et que cela surgit quand on n'y croit plus. Peut-être que je l'attends sans bien savoir pourquoi, que je m'y prépare sans bien savoir comment, que je m'y soustrais parce que j'en ai trop peur et que je l'espère parce que j'en ai trop envie. Peut-être que c'est déjà là et que je ne le sais même pas.

*

« Souris puisque c'est grave / Si les dieux te déçoivent / Offre-leur un visage radieux / Puisque c'est si grave, souris un peu. »

Alain Chamfort,
Souris puisque c'est grave, 1990.

*

C'est lorsqu'on retrouve un ancien amour, longtemps après s'être quittés, et qu'on se remémore l'histoire autour d'un verre dans un bistrot de quartier, que l'on réalise à quel point les souvenirs de chacun peuvent être différents. L'un convoque des paroles que l'on n'imagine pas avoir pu prononcer, l'autre évoque des situations dont on semble avoir été absent. Le temps passe et le réel constamment se réécrit. La mémoire est mouvante, nos sentiments aussi. L'amour est ainsi fait qu'il ne nous laisse qu'une part de la réalité, celle qu'on a choisi de se raconter, et tant pis si elle n'est pas vraie.

*

Les rares soirs où je me sens seule, je propose à mon petit garçon de dormir avec moi. Il ronfle beaucoup, cela me rassure.

*

Il faudrait pouvoir rencontrer les gens vierges de toute histoire. Il faudrait qu'il n'y ait rien d'autre que des pages blanches à remplir, du vide à combler, du temps à inventer. Il faudrait qu'il n'y ait rien d'autre que notre vie qui démarre, qu'elle s'émeuve de son propre souffle, qu'elle ne soit salie par rien, entachée par personne, libre de toute entrave. Il faudrait qu'il n'y ait rien d'autre que la peau, la voix, les regards, les musiques, les souvenirs neufs et la lumière de chaque matin. Il faudrait peut-être qu'il n'y ait rien avant. Il faudrait peut-être qu'il n'y ait rien. Rien.

Mais alors cela ne serait pas la vie, nous ne serions pas des gens de quarante ans, des enfants au bout des bras, des existences cabossées, des plaies mal refermées. Mais alors il n'y aurait pas ces amours déclinantes, ces amours déchirantes, ces amours dont on ne se libère pas tout à fait, ces amours mortes qui n'en finissent pas de mourir et nous retiennent de partir. Mais alors il n'y aurait pas ces ratés, ces désillusions, ces incertitudes, ces douleurs, ces frustrations, ces chagrins, ces ruptures, ces abandons. Mais alors cela ne serait pas réel. Cela serait plus facile, mais cela ne serait pas la vie. Cela ne serait rien. Rien.

Parfois je rêve de gommer les ratures pour écrire par-dessus au crayon de papier. Je rêve que tout est plus simple. Et puis je me réveille.

*

Il y a une dizaine d'années. Une salle d'accouchement. Je perds les eaux d'un coup et il est là. Il arrive en trois poussées. Au plafond, il y a un miroir et en levant les yeux je le vois qui montre sa tête. Le médecin me dit : « Venez le chercher ce bébé madame. » Je me redresse, me penche, attrape l'enfant sous les aisselles, le sors de mon corps, le ramène vers moi. Je regarde son père. Il pleure je crois. Moi je ris je crois. Ou est-ce l'inverse ? Et là, je regarde et je dis : « C'est un gars, c'est un gars. » Je n'en reviens pas. Je le serre contre moi. J'embrasse l'homme qui a porté cet enfant avec moi pendant neuf mois, neuf mois tout rond. Mon fils devait naître le 15, il est né le 15, peut-être le seul truc qu'il ait respecté à la lettre. Il mesurait 56 cm et pesait 4,450 kilos. C'était, comme on dit, un beau bébé.

*

Une des premières choses que cet amoureux m'avoue alors que nous reprenons contact après de nombreuses années de silence, c'est : « J'avais peur que tu m'aies oublié. » Je n'ose pas lui répondre que, au vu des litres de larmes que cette histoire m'a fait verser, j'aurais sans doute préféré.

*

RUPTURLUTE (n. f.) : *Rupture brutale, à s'en ôter les mots de la bouche.*
Exemple : Ce mec m'a encore fait le coup de la rupturlute. Franchement, c'est dur à avaler.

*

Bien des années après donc, il est venu prendre un verre. Il s'est invité à mon insu. Il a sonné sans prévenir. Il a parlé de choses sans importance. Il a posé son sac par terre. Il a évoqué ses enfants. Il a regardé ses mains. Il a évité mon regard. Il se sentait mal à l'aise. Il avait imaginé que cela se passerait mieux que ça. Il espérait plus de légèreté. Il a eu l'air idiot. Il a voulu reparler du passé. Il a voulu expliquer. Il aurait aimé que je comprenne. Il aurait aimé que je pardonne. Il aurait pensé que j'en étais encore là. Il ne savait plus quelle musique j'écoute. Il ne savait plus quel livre je lis. Il ne savait plus quelle vie je mène. Il ne savait plus qui j'aime. Il ne savait plus rien. Il ne s'est pas attardé. Il a repris son sac. Il s'est levé gauchement. Il a baissé de nouveau les yeux. Il est allé vers la porte. Il est parti comme un con, comme il était venu.

*

Régulièrement avec les enfants, on écoute *Diamonds* de Rihanna dans la bagnole et on chante à fond, en transposant les paroles en français. Nous sommes beaux comme des diamants dans le ciel. Et le meilleur, c'est qu'on le pense.

*

Je m'aperçois que je ne parle jamais de mon travail. Peut-être parce que je considère que je n'ai toujours pas trouvé ma voie.

*

Je traversais la grande rue du centre-ville, j'allais à la gare prendre le train pour Lille et j'étais en retard, je courais. Je l'ai aperçu qui venait vers moi. Il s'est arrêté, on s'est fait une bise, une seule, on ne fait plus autrement maintenant. C'était ce jour-là et je lui souhaité son anniversaire, je lui ai dit que j'étais contente de le voir, que j'avais pensé à lui. J'aurais aimé le prendre dans mes bras, le serrer contre moi, mais je ne l'ai pas fait. J'ai pensé à toutes ces fois où, dans une librairie comme chez un disquaire, j'ai le réflexe de choisir quelque chose qui me fait penser à lui pour le lui offrir. Mais je ne le fais plus, j'ai peur qu'il trouve cela déplacé. Pour les cadeaux, c'est trop tard désormais. J'ai posé la main sur son bras, l'ai rapidement retirée. Mes lèvres ont à peine effleuré sa joue et je suis partie, avec tout ce que j'avais envie de lui dire et que je ne lui dis jamais.

*

C'est fou comme après une séparation on apprend à se suffire à soi-même. Réparer un siphon, changer un domino, manier la perceuse n'ont plus aucun secret pour moi. À croire que le célibat n'est jamais qu'un vaste bricolage.

*

Je regrette parfois certains de mes choix.

*

« Ah tu verras tu verras / Tout recommencera / Tu verras tu verras / La vie c'est fait pour ça. »

Claude Nougaro, *Tu verras*, 1978.

*

Dès que j'arrivais chez mes grands-parents, après avoir dit bonjour et joué un peu, je filais en face sonner chez ma copine. Elle était toujours là et m'ouvrait la porte avec un grand sourire. Dans sa maison, nous faisions d'interminables parties de Scrabble, elle me racontait des histoires, on lisait des livres. Je l'observais beaucoup, je la trouvais belle, je l'admirais. Elle avait une magnifique écriture consignée dans de jolis cahiers. Chez elle, on écoutait souvent de la musique classique. On mangeait des pastilles Vichy et des boudoirs roses. Elle avait une dînette en émail fabuleuse, une patinette en fer rouge, une balançoire qui grinçait et où l'on pouvait monter à deux. Elle avait toujours une très longue natte qui me fascinait. J'ai des souvenirs fabuleux avec elle, des moments secrets rien qu'à nous, des choses qui ne m'ont jamais quittée. J'ai peu de véritables amies, elle fut la première et sans doute la plus importante pendant une dizaine d'années. Un jour, elle s'est cassé le col du fémur et est partie en maison de repos. Je ne l'ai jamais revue.

C'était une institutrice à la retraite, une vieille dame ou plutôt une vieille fille comme on dit parfois. Mais pour moi, elle était ma copine. Elle est morte depuis longtemps mais des images d'elle me reviennent souvent. Je n'ai aucune photo d'elle, il ne me reste que ma mémoire et quelques objets, des napperons, un châle, le Scrabble et le goût des pastilles Vichy qui me revient dès que je pense à elle. C'était quelqu'un d'un autre temps que le mien. Elle s'appelait Léone, et pourtant je ne l'ai jamais appelée autrement que Mademoiselle.

*

J'ai acheté une compilation d'Étienne Daho. Je fredonne *Week-end à Rome* en improvisant une chorégraphie au volant de ma Twingo. Il y a parfois des jours pop.

*

Je n'ai aucun souvenir de mes parents ensemble.

*

Régulièrement, je prends le train vers le nord et je rejoins une maison pleine de livres, avec une balançoire suspendue dans le salon et du riz un peu trop cuit servi dans des bols émaillés. C'est là que vit mon amie, c'est là que je me reconstruis. J'ai vu cette maison changer, être habitée, puis quittée, avant qu'on y revienne. J'y ai vu des meubles bouger, déménager, partir. J'y ai vu des murs passer d'une couleur à l'autre, des cloisons s'élever ou s'effacer. J'y ai vu des enfants grandir. J'y ai vu mon amie rire et pleurer. Et puis des mots posés sur les murs car tout est écrit ici, tout est murmuré, tout est chuchoté, et les heures sont des poèmes que je l'écoute me raconter. Je laisse des morceaux de moi à chaque passage dans cette maison, je viens souvent les retrouver, et au chaud de cette amitié, panser doucement mes plaies.

*

En terminale, pendant deux ou trois semaines, je suis sortie avec un type que je n'aimais pas trop, juste pour essayer de rendre jaloux celui que j'aimais, ce qui n'a que moyennement fonctionné mais passons. Un samedi, il me propose de l'accompagner à une rave en région parisienne, à Cergy-Pontoise. Je n'étais jamais allée dans une rave. Il fallait se rendre à différents endroits pour trouver des renseignements permettant de se rendre à un autre endroit pour trouver d'autres renseignements et, de là, débarquer dans la soirée interdite. On a fait la route Amiens-Cergy à cinq dans une Ford Fiesta, avec ses potes que je ne connaissais pas. Tous étaient plus âgés que moi. Dans la voiture, il m'a fait boire et lorsque nous sommes arrivés, vers minuit, j'étais vraiment ivre. Je me souviens d'être entrée dans cette espèce de hangar, des gens dansaient partout, les DJ mixaient de la house crade, je ne comprenais rien, je ne calculais personne. À un moment de la soirée, on m'a tendu un cachet que j'ai pris même si je n'avais jamais fait ça et après je n'ai plus fabriqué de souvenirs pendant plusieurs heures. Je ne sais pas quand j'ai quitté la rave, ni comment, mais je sais que je me suis retrouvée ensuite dans une maison inconnue, avec des gens inconnus. Je me rappelle avoir monté un escalier avec le type qui marchait devant moi et qui a ouvert la porte d'une chambre tandis que ses potes se marraient en lui claquant le dos. Je n'avais jamais couché avec lui et je n'avais pas envie de le faire. J'ai gardé ma culotte et mon tee-shirt et il s'est mis à m'entreprendre. Je lui ai servi l'excuse à la con, « je ne prends pas la pilule », et là il m'a sorti une capote et je lui ai dit que je ne pouvais pas, que je n'avais pas confiance, « ça craque souvent tu sais ». Je n'étais pas crédible deux secondes, il a vaguement insisté et, au bout d'un bon quart d'heure de négociations, je lui ai tourné le dos en lui souhaitant une bonne nuit. Je crois me souvenir qu'il a ronflé, lourd jusqu'au bout. Je me suis réveillée avec un mal de crâne puissant et un type qui ne m'a pas adressé la parole pendant tout le trajet du retour. On s'est quittés à l'arrivée, sans même se le formuler, on ne s'est jamais rappelés.

Longtemps après ces événements, j'ai bu un verre dans un bar où ce fameux type se trouvait aussi. Je l'ai reconnu tout de suite, même si les années l'avaient peu épargné. En revanche, lui ne m'a pas reconnue et a passé sa soirée à me draguer, sans la moindre finesse. Je l'ai trouvé assez pathétique. Finalement, il n'avait pas changé.

*

Petite fille, il m'arrivait de joindre les mains pour prier au pied de mon lit. Mes suppliques commençaient toutes ainsi : « Notre Père qui êtes aux cieux, je sais que je ne crois pas en toi, mais si je fais exception cette fois, peut-être que tu voudras bien m'aider. »

*

J'ai passé Noël sans les enfants. Je les retrouve pour la fin des vacances. Nous marchons tous les quatre à travers les Tuileries le 1er janvier. Je leur achète des chichis, ils n'en mangeront pas la moitié et je réchauffe mes mains en tenant serré le paquet.

Mon fils escalade les statues sous les regards des passants parfois outrés, que voulez-vous, il est peut-être mal éduqué, je fais ce que je peux vous savez. Mes filles me marchent dessus, se serrent contre moi, elles ont toujours fait ainsi. Les enfants, ça vous colle aux jambes, aux doigts, aux hanches, ça colle et ça tient bien même, ça ne s'envole pas comme ça. On prend notre temps pour remonter vers Bastille. Je leur montre l'Hôtel de Ville et me mets à leur parler des municipales, puisque c'est l'année pour. La grande s'intéresse un peu, les autres s'en foutent avec une nonchalance assumée. Arrivés au pied du génie que je m'échine à leur faire regarder, ils n'ont d'yeux que pour ce manège qui fait tourner les gens sur eux-mêmes à plusieurs dizaines de mètres du sol, qui les fait hurler et, pour certains, vomir leur quatre-heures à l'arrivée. Je me dis que le spectaculaire n'est plus dans l'histoire, désormais il est dans l'instant. Je repense aux jours qui viennent de passer, au temps qui parfois sait prendre son temps, à l'expo sur le punk et aux jeunes gens modernes, à un taxi qui se coule dans la nuit silencieuse le long des quais, à l'appartement où je lis Anna Rozen et Miranda July, aux bières bues en parlant cul, à la rue Brochant où j'ai traîné mes vingt ans avec leur père. La pluie se fait plus vive. On remonte le boulevard Richard-Lenoir sous les auvents dénudés qui abritent régulièrement le marché, mon fils saute dans toutes les flaques comme un possédé et l'une de ses sœurs, dans sa mansuétude, me propose de le donner à une autre famille. Elle me dit : « Papa lui a pourtant répété d'être sage avec toi et de pas t'embêter. » Cela me fait sourire, je repense au message qu'il m'a envoyé pour me souhaiter une bonne année, à ce que je lui ai répondu, à tout ce qui a changé et à tout ce qui ne changera pas. C'est un 1er janvier qui ne ressemble pas aux autres, un 1er janvier improvisé. Il y a quelques jours, ma grand-mère regrettait de ne pas m'avoir offert un GPS pour Noël, mais je me connais, je n'aurais jamais su m'en servir. Je préfère rester la fille qui ne sait pas où elle va, c'est bien comme ça.

*

Pour les vœux du Nouvel An, ma mère m'a téléphoné et m'a déclaré : « Tu es comme moi, tu as raté ta vie. » J'ai hésité entre me suicider et l'envoyer chier. J'ai raccroché.

*

Je ne m'explique pas pourquoi, lors d'une séance d'épilation où je me retrouve à poil et les jambes écartées, je me sens toujours obligée de parler patrimoine local et développement urbain avec l'esthéticienne.

*

Je ne pensais pas qu'on se reverrait vingt ans après les faits. Je ne pensais pas qu'on reprendrait contact sur un réseau social et que l'on se donnerait rendez-vous un soir chez moi. Il a sonné à ma porte et je lui ai ouvert. Il n'avait plus dix-sept ans, là, devant moi, mais il n'avait pas non plus l'air d'avoir mon âge, celui où on a vécu en couple, où on a des enfants déjà assez grands, où on s'est séparés, où on papillonne entre deux vies. Il est entré et, dans le couloir, je crois qu'on s'est sentis un peu bêtes. On s'embrasse comment quand on s'est déjà embrassés des dizaines de fois ? On se touche comment quand on a passé des moments à se peloter dans des couloirs de lycée ? Il y avait prescription. On s'est fait une bise. Puis on a bu des bières, lui sur mon canapé, moi sur le fauteuil à côté. On s'est raconté nos vies, pas si laides hein, mais pas rêvées non plus. On a évoqué des souvenirs, parfois identiques, parfois très différents, à croire qu'on n'avait pas vécu la même histoire tous les deux, moi l'élève sérieuse de première A2 et lui le glandeur de série B. Je lui ai avoué que je m'étais évanouie la première fois que je l'avais aperçu, dans un escalier du bahut. Il ne le savait pas, cela l'a sidéré. Il m'a raconté qu'un jour son père, nous ayant vus ensemble, lui avait dit : « Ne fais pas l'imbécile avec une fille comme ça, des comme elle, tu n'en croiseras pas si souvent. » Cela m'a touchée qu'il me le dise. Il a reconnu qu'il avait été un salaud avec moi et plus d'une fois. On avait dix-sept ans, il tombait toutes les filles et moi comme les autres. Peut-être même plus qu'une autre, mais il faut avouer qu'on me fait tomber facilement, cela ne s'est guère arrangé avec les années. On a parlé longtemps, c'était bizarre ces retrouvailles d'anciens combattants. Et lorsqu'il m'a dit qu'il bossait tôt le lendemain et qu'il ferait bien d'aller se coucher, il a ajouté : « Mais on fait comme tu veux. » Comme je veux, donc. Je me suis souvenue que j'adorais la façon dont il embrassait, à dix-sept balais. Ça aurait été idiot de ne pas vérifier si ça me plaisait toujours. Alors je lui ai proposé de rester. Et je ne regrette pas qu'il l'ait fait.

*

DÉSORDINAIRE (adj.) *: se dit d'une personne ou d'un fait qui n'est pas conforme à l'ordre établi, qui a pour habitude de rompre avec les habitudes, de façon parfois chaotique.*

*

J'avais huit ans lorsque Michael Jackson a sorti *Thriller*. Je me souviens d'avoir vu le clip un soir, avec ma cousine, seules dans sa grande maison, ses parents étant sortis. Elle me parle du clip et nous le regardons sur l'imposante télé du salon. Tout fait peur : les yeux exorbités de Michael, son blouson de cuir rouge, la danse des morts-vivants et ce moment où l'on comprend que la fille y restera. Terrorisées, nous nous cachons sous son lit, en attendant le retour des parents, quelques minutes après, qui nous semblent une éternité.

*

Lorsque, petits, mes enfants se trouvaient dans leur chambre, il n'était pas rare que je me dissimule dans le couloir pour épier leurs jeux.

*

Il vient de partir. J'entends ses pas résonner dans l'escalier alors que je m'allume une cigarette dans la cuisine peu éclairée. Je ne pense pas à lui, sans doute en serait-il vexé. S'il savait à quel point je ne suis pas dupe, il ne serait peut-être pas venu. Je ne veux plus penser qu'à ça. À mon ventre qui tambourine encore, à mon sexe ému et chaud, à mes jambes qui flageolent et ne me soutiennent plus trop. Ce n'est pas la première fois cette semaine, mais la précédente, l'homme n'était pas le même, la langue était moins vive, les mains moins empressées. Je repense à ce film dans lequel une actrice blessée déclare qu'en amour « il faut des manières ». Je souris en écrasant mon clope, il est bien loin le romantisme, je suis passée à autre chose, balayés le joli, le doux, le sentimental. Oubliées les manières. Les manières ne servent à rien tant que le carambolage des corps vide le cerveau. Je rencontre des hommes, je sais comment leur plaire, comment les percuter. Je pourrais remplir un carnet avec les souvenirs de ces hommes, des petits carnets de courtisane, de collectionneuse, de favoris. Mais ce n'est pas l'homme que je garde en tête, ce n'est pas à lui que je m'offre, c'est à moi seule que je m'arrime, huître de mon propre rocher. Peu importe l'homme, pourvu que j'aie l'ivresse, pourvu que j'aie le sel, pourvu que j'aie la perle, pourvu que j'aie la gorge qui s'éraille sous les cris que je pousse, le souffle qui se fait rauque quand ses mains frôlent mon cou, pourvu que j'aie la peau qui marque sous les ongles qui crissent, et la peau qui se tord et la peau qui se plisse, pourvu que je me sente écartelée et vivante, dans ma douleur et ma sueur mêlées, pourvu que mes jambes enserrent un large torse, que je resserre l'étreinte au point d'avoir des crampes, pourvu que mes seins dressés trouvent des dents qui les titillent et que sous la morsure je me sente mourir, pourvu que la tempête sous mon crâne se déverse en flots dans mon ventre affamé, pourvu qu'une bouche s'y abreuve et lèche et lèche encore jusqu'à ce que mon sexe se sente imploser, pourvu que le pieu qui se dresse devant ma barricade perce tous mes barrages et m'emplisse d'ondées, qu'il se promène alors le long de mes remparts, et se fasse rapide et se fasse brutal et se fasse insistant et, transpercée de part en part, que tout s'illumine soudain, que tout surgisse devant mes yeux, dans une explosion blanche et moite, que revienne en un instant tout ce qui fait que je respire, tout ce qui fait que je vis, que je survis, que je continue, que je ne lâche pas, que je tiens bon, que je suis debout, et que j'exulte soudain d'être celle que je suis, fragile et indestructible, tout entière faite de chair, pour mon unique plaisir.

*

Je n'ai jamais l'énergie de regarder un film porno jusqu'au bout, c'est trop épuisant.

*

Je t'aime Mathieu Amalric depuis ce jour où tu t'es appelé Paul Dedalus. Je t'aime Mathieu Amalric pour ta façon de dire « elle a un cul à se tuer non ? ».

Je t'aime Mathieu Amalric parce que j'ai toujours rêvé de tenir un rôle dans un film de Desplechin. Je t'aime Mathieu Amalric parce que tu n'es a priori pas très beau et que je préfère les types a priori pas très beaux (même s'ils cachent bien leur jeu, les salauds). Je t'aime Mathieu Amalric parce que j'ai longtemps imaginé ta vie avec Jeanne Balibar et que je me disais que ça devait être un joyeux bordel. Je t'aime Mathieu Amalric parce que j'aime comment tu tiens ta cigarette en passant ta main dans tes cheveux. Je t'aime Mathieu Amalric parce que tu sais être sexy en portant la moustache et que ce n'est pas donné à tout le monde. Je t'aime Mathieu Amalric parce que ta voix me fait un certain effet. Je t'aime Mathieu Amalric mais je pense que tu fais bien d'éviter de chanter. Je t'aime Mathieu Amalric parce que tu as un accent anglais à chier. Je t'aime Mathieu Amalric même si tu n'étais pas obligé de jouer dans *Quantum of Solace*. Je t'aime Mathieu Amalric lorsque tu te prénommes Ismaël, c'est un joli prénom à prononcer, c'est doux ce frottement de la langue sur le palais. Je t'aime Mathieu Amalric parce que tu te décris comme un animal intuitif et que ça me dirait bien de pouvoir vérifier ça par moi-même, dans un lit par exemple. Je t'aime Mathieu Amalric parce que ce sont les types les plus sérieux qui me font le plus rire. Je t'aime Mathieu Amalric parce que si tu étais psy, j'aimerais ne jamais arriver au bout de ma thérapie. Je t'aime Mathieu Amalric parce que tu es le dernier homme des *Derniers Jours du monde*. Je t'aime Mathieu Amalric parce que tu me donnes envie d'écrire un roman qui s'intitulerait *Je t'aime Mathieu Amalric* et où je parlerais des hommes que j'aime, de ceux qui m'ont aimée, et figure-toi que parfois ce sont les mêmes.

*

Les amours se suivent. Mais dans l'entre-deux, l'attente peut sembler longue.

*

Nous sommes en vacances lui et moi chez nos grands-parents pour quelques jours. Nous avons peut-être sept ou huit ans, et ensemble nous jouons beaucoup. Le matin, après le petit déjeuner, nous regardons des dessins animés sur la deuxième chaîne, nous organisons un cache-cache dans la maison, nous nous occupons du chien. Le midi, nous déjeunons entre nos deux grands-parents. Ensuite, notre grand-père s'enferme dans son atelier pour peindre et notre grand-mère se met au piano. J'entends encore le rythme du métronome. La journée s'écoule lentement. C'est alors que vient ce moment dans l'après-midi, ce moment que j'ai instauré sans trop savoir comment. Dans une partie reculée du jardin, nous nous asseyons sur un banc que dissimulent de hauts arbres. Sans rien dire, je soulève mon tee-shirt et il m'embrasse la poitrine, blanche et plate. Sans rien dire, sa bouche touche ma bouche. C'est très ritualisé, la poitrine avant la bouche, quelques secondes seulement. Je me souviens de la peur d'être découverts plus que des sensations que cela me procure. L'interdit me grise. Quelque chose me dit que c'est mal, qu'on n'a pas le droit. Mais mon cousin est gentil, il fait tout ce que je lui demande. C'est cela qui me plaît je crois.

*

Enfant, j'étais jalouse de *Martine*. Ses parents s'aimaient, elle habitait une grande maison, elle avait un petit frère, un chien et même une tortue, elle faisait de la danse, du théâtre et du ski et partait en vacances dans une voiture décapotable. En vrai, je la détestais.

*

Souvent, lorsque je me glisse sous les draps la nuit, j'ai envie que des bras m'entourent, me tiennent serrée fort et que cela me laisse des traces que je chérirai au matin, souvenirs d'une nuit souveraine.

J'attends qu'une main se promène dans mes cheveux et se distraie un peu, à l'orée de ma nuque puis le long de mon dos. J'entrevois un regard qui s'adresse au mien, qui me toise ou me nargue, qui me tente ou m'intimide. Si je suis attentive, je crois entendre des mots se glisser à mon oreille, dans un chuchotement à peine audible. Il ne m'en faut guère plus pour que j'aie envie qu'une langue plonge dans ma bouche sans avertissement, qu'elle y reste et prenne ses aises. Lentement, je déboutonne de haut en bas, je dézippe, je dégrafe, je dénude, sans qu'on y trouve à redire. Et soudain nous sommes nus, comme si nous l'avions toujours été, comme si cela allait de soi, mais peut-être est-ce le cas. Bientôt nous nous empoignons. Nous prenons le temps de nous parcourir de bout en bout, à la surface, au plus profond, et de repousser encore les limites de ce qui n'en aura jamais. C'est alors que le rêve s'interrompt et que se calquent sur ma respiration, chaotique et saccadée, les caresses moites de mes doigts sur mon sexe tout juste éveillé.

*

Fille unique pendant un certain temps, je ne possédais que quelques jeux de société : le Simon, le Docteur Maboul ou encore le Solitaire. Il m'arrivait de jouer contre moi-même au Master Mind. Ce n'était jamais très concluant.

*

Il y a des hommes qui vous disent que vous êtes une fieffée salope et c'est comme si tout l'amour du monde était contenu dans ces deux mots qu'ils vous déposent sur les seins, les hanches, le cul et tout le reste, c'est comme si ces deux mots voulaient dire je t'aime, mais en mieux.

*

Elle se tient là, debout au comptoir, dans ce troquet des abords de la gare, un de ceux où le sol fait mastic sous les semelles et où les chaises bistrot ont vu s'asseoir moins de culs en partance que de culs qui ne vont jamais nulle part.

Elle se tient là. Elle ressemble à Elli Medeiros avant, elle a l'air de celles qu'il s'agirait de pas trop faire chier parce que c'est pas évident qu'on puisse s'en sortir vivant. Un type est assis au fond du bar. On lui a toujours dit qu'il valait mieux se méfier de ces filles qui ont toujours une bonne raison de ne pas vouloir qu'on les regarde dans les yeux.

Elle se tient là et elle sirote une Suze. Une Suze, on croit rêver, un alcool de vieux, un alcool obsolète, mais elle la sirote lentement, elle prend bien son temps, personne ne vient la chercher, personne n'a envie de s'y frotter, même si lui, il aimerait bien, oh oui il aimerait bien, s'il était un peu moins timide et un peu plus malin.

Elle se tient là et elle fouille les poches de son perf. Elle en sort un carnet à spirale et à carreaux, elle regarde de l'autre côté du bar, elle avise un stylo, s'en empare et se met à griffonner un truc, il aimerait bien savoir à qui elle écrit, ce qu'elle écrit, pourquoi elle écrit et surtout pourquoi il reste planté là, sans oser l'approcher, la fille de ses rêves est sous son nez, mais lui, il ne bougera pas, c'est con d'être si con parfois.

Elle se tient là, mais il voit bien qu'elle va partir. Elle a réglé son verre, elle se remet un coup de rouge, comme ça, sans même se reluquer dans un miroir, parce qu'elle n'en a rien à battre et elle secoue sa tignasse blonde et il aperçoit furtivement le dessous de sa frange, il aperçoit son front blanc et lisse et c'est comme s'il pouvait regarder sous son tee-shirt, tellement il a l'impression que c'est indécent et tellement ça le bouleverse.

Elle se tient là, et puis soudain elle se lève. Elle est grande, elle est gaulée comme une actrice de cinéma, il la regarde et il se dit que c'est pas humain une fille comme ça, c'est pas humain qu'elle soit face à lui, à onze heures du mat, dans sa petite ville de merde, dans son petit bar de ploucs, dans sa petite vie sans vie. Elle s'apprête à sortir, il la regarde partir dans son jean trop court et ses chaussures de garçon. Il la regarde et elle ne le regarde pas, c'est toujours comme ça.

Elle se tient là encore longtemps, dans ses pensées qu'il laisse crapahuter, dans son ventre qui crie famine et ses mains émues. Elle se tient là et ça lui plaît bien. Il revoit sa petite tête de loubarde, sa petite mine de maligne, ses petits airs de celle qui sait et à qui on ne la fait pas. Il se sent ferré sans rien faire et il se dit que cette fille, il n'aurait pas dû la laisser s'envoler.

Il rêvasse tant qu'il sortira sans même avoir remarqué le bout de papier sur lequel j'avais noté mon numéro et que j'avais laissé là pour lui, sur ce comptoir de bar.

*

Il était quand même vachement beau Delon jeune.

*

Reprenons au commencement. Au début du commencement. Au début du tout début. Sans effacer. Sans réécrire. Sans oublier. Reprenons les prémices les esquisses les brouillons les ratés et corrigeons ce qui peut être corrigé. Reprenons le temps des silences le temps des absences le temps pour nous pour rebâtir pour recréer pour estomper les traits grossiers qui dénaturent nos pensées. Reprenons reprenons au début reprenons sans but divaguons égarons-nous nous pouvons bien nous perdre et nous réinventer. Mais d'abord reprenons. Reprenons-nous.

*

« Et moi je reste assise là, j'attends. — Mais vous attendez quoi, Adèle ? — Qu'il m'arrive quelque chose. »

Fin de la scène d'ouverture du film
La Fille sur le pont, de Patrice Leconte.

*

Je ne te connais pas encore. Je voudrais te poser des questions sur ta vie. Je voudrais tout connaître de toi. L'histoire d'amour de tes parents. Le jour de ta conception. Ce que ta mère a ressenti en apprenant qu'elle t'attendait. Le déroulement de l'accouchement. Si elle en a bavé ou pas. Si ton père y a assisté ou s'il est resté dans le couloir, à attendre.

As-tu crié tout de suite ? Étais-tu un bébé facile ou avait-on envie de te passer par la fenêtre ? La couleur de tes yeux à la naissance. La texture de tes premiers cheveux. L'odeur de ta peau de nouveau-né. Si tu étais moche. Tes premières dents. Ton premier mot. Tes premiers pas. Ta première comptine. Si tu es allé à la crèche ou chez une nourrice que tu appelais tata. Le prénom de ta maîtresse d'école. Celui de ton amoureuse en petite section. Si tu portais des sous-pulls et des pantalons de velours avec des pièces aux genoux. Si ta mère t'obligeait à mettre une cagoule en hiver. Si elle disait blouson ou anorak. Si tu jouais aux billes ou si tu préférais soulever les jupes des filles et tenter de deviner le monde caché dessous. Si tu étais plus Treets ou Picorette. Si tu étais plus Goldorak ou Albator. Si tu buvais du Cacolac et si tu trouvais ça dégueulasse. Ta matière préférée au collège. Si toi aussi, tu trouvais ça pourri de fabriquer des objets en bois en éducation manuelle et technique. Si tu étais fort en gym. Si tu maîtrisais l'appui-tendu-renversé. Si tu avais choisi allemand ou espagnol. Si tu mangeais à la cantine. Si tu portais la main de Touche pas à mon pote sur le revers de ta veste en jean. Quelle radio écoutaient tes parents. Le titre de tes premiers 45-tours achetés avec ton argent de poche. La marque de ton premier walkman. Ce que tu mettais sur tes compils et s'il manquait toujours quelques secondes de chanson parce que l'animateur avait repris l'antenne avant la fin du morceau. La classe de neige en quatrième. Les voyages en car où tu gerbais en douce dans un sac en plastique que tu planquais ensuite sous ton siège. Les voyages en DS avec tes parents. Si toi aussi tu allais en Espagne avec eux l'été et te trouvais super riche quand tu payais en pesetas. Tes premières escapades, seul avec ton sac US. Ton premier souvenir de Londres où tu es allé à ton époque punk. Étais-tu plus Clash ou Sex Pistols ? Velvet ou Stooges ? Ta première vraie cuite. Si tu te le rappelles ou si tu ne te souviens de rien. Et puis toutes celles qui ont suivi. La première fois où tu t'es dit que tu étais amoureux. Si tu avais du succès avec les filles. Ce que tu faisais pour leur plaire. Si tu étais du genre à demander à Carine qu'elle dise à Virginie que tu en pinçais pour elle. Ou si les filles t'écrivaient des mots d'amour sur du papier à carreaux qu'elles pliaient en quatre et glissaient discrètement dans la poche de ton cuir sans que tu t'en aperçoives. Les prénoms des filles qui t'ont fait souffrir. Les prénoms des filles que tu as fait souffrir. La première fois que tu as fait l'amour. Est-ce que c'était bien ? Est-ce que tu te souviens de son visage au moment où tu as retiré sa culotte ? Est-ce que tu te souviens de ton anxiété au moment où elle a défait la ceinture de ton jean ? L'as-tu refait avec elle après ? Tes ruptures. Tes regrets. Les moments où tu as été un vrai connard (ne dis pas le contraire, c'est forcément arrivé). Si tu faisais le mur la nuit. Le nom des bars que tu fréquentais. Le prénom de tes potes. Les nuits blanches. Ton premier pétard. Ton premier cachet. Ton premier coma. L'adrénaline. Le moment où tu as annoncé à tes parents que tu ne voulais plus vivre avec eux. Le moment où tu as annoncé à tes parents que tu allais habiter dans une autre ville. Le moment où tu as fait tes bagages et où tu es parti. Ton premier appart. Ton premier job dans ce restau vietnamien. Tes études d'architecture que tu as entreprises et puis laissées tomber. Ton envie de faire de la musique. Les petites annonces de groupe auxquelles tu répondais. Les endroits où vous répétiez. Les reprises que vous faisiez. Les bières que tu descendais. Les troquets dans lesquels vous donniez des concerts. Cette fille que tu as rencontrée alors et qui s'est installée chez toi. L'amour avec elle. Les désirs avec elle. Les projets avec elle. La vie avec elle. Le jour où elle s'est barrée. Le chagrin que tu as eu. Les aventures pour oublier, mais on n'oublie jamais vraiment. Ton accident de bagnole. Les mois à l'hosto. La dépression. La fille arrivée dans ta vie après ça. L'envie d'y croire, pourquoi pas. Le quotidien qui s'installe peu à peu. Est-ce que tu aimais ça ? Est-ce que tu t'ennuyais ? Sans doute que tu aimais ça. Ton boulot pour bouffer mais qui ne t'emballe pas. Le roman que tu écris en secret depuis cinq ans. Les voyages que tu fais avec elle et les photos souvenirs accrochées aux murs de l'appartement. La mort brutale de ton père. Le retour en province pour l'enterrement. Les journées passées avec ta mère, ton impression d'être parti depuis trop longtemps. Le retour à Paris. Elle qui tombe enceinte. Mais devenir père, est-ce que tu t'en sentais capable ? Est-ce que cette idée te faisait peur ? Les semaines qui défilent. Tes convictions humaines. Ton soudain engagement politique. Ton refus du système. L'impossibilité de sortir du système. La perte de l'enfant avant que vous ayez pris une décision. La mauvaise passe. Et cette lourdeur qui s'incruste entre vous. La solitude. La désillusion. Et, alors que vous ne vous y attendiez plus, un enfant, puis un autre. Tes quarante ans se pointent silencieusement. Et tu te retrouves au milieu de ta vie. Les bras ballants. Le cœur battant. C'est à ce moment que je te rencontre.

*

Notre histoire commence presque en musique. Nous avons tous les deux des places pour un festival. Nous avons échangé par l'intermédiaire d'un blog un peu par hasard quelques jours auparavant et nous avons souri de nous imaginer au même endroit au même moment. Le soir venu, dans la foule, nous ne nous trouvons pas.

Tu me laisses un message vocal sur mon téléphone.

Je l'écoute environ mille fois.

*

« We have long conversations. I hear your voice all the time. »

Nastassja Kinski, dans *Paris, Texas*,
de Wim Wenders, 1984.

*

Je me souviens que j'adorais la chanson *Papa don't preach* de Madonna et que mon père m'avait offert le 45-tours. Je lui avais demandé de me traduire les paroles, écrites au dos de la pochette. En français, c'était assez insignifiant. Mais cette chanson qui parlait d'une fille qui craignait de décevoir son père m'avait fait, pour un moment, me sentir proche du mien.

*

Avant que nous ne nous envolions pour quelques jours de vacances à Stockholm, je dis à mes amies que j'ai rencontré quelqu'un.

*

Et puis le téléphone tombe dans l'eau du bain et se noie. La seule chose à laquelle je pense, c'est que lorsque j'en aurai acheté un autre, je ne pourrai pas sauver ce message enregistré que j'ai conservé, ce message du tout début, avec ta voix dessus et ces premiers mots alors que nous ne nous étions pas encore rencontrés, alors que nous ne nous connaissions pas, alors que nous ne nous étions jamais vus. Étrangement, je n'ai conservé aucun de ceux qui ont suivi. Ce message, je l'ai écouté, réécouté, absorbé, englouti, jusqu'à le connaître par cœur, jusqu'à ne plus pouvoir les oublier, ces mots-là que tu murmurais à mon oreille une nuit de juillet alors que tu ne m'avais jamais embrassée. Ce sont comme les prémices de ce qui n'a pas encore eu lieu, de ce possible pas encore imaginé, de cette histoire pas encore inventée. Ils sont l'ébauche d'un nous, les premières lignes de notre roman.

*

« J'ai encore perdu ton amour tu sais / C'est pas croyable comme tout disparaît. »

William Sheller, *Le Carnet à spirale,* 1976.

*

Ni trop grand, ni trop petit, ni trop gros, ni trop maigre, tu incarnais à merveille, lorsque je t'ai enfin rencontré, le portrait-robot de l'homme lambda. Pas particulièrement âgé, mais pas non plus un jeunot, tu naviguais à vue dans cette tranche du middle-age qui peut rendre sexy si l'on n'y prend garde. Tu n'étais pas vraiment à ton avantage, avec ton tee-shirt de Sonic Youth décoloré, ton jean cradingue que tu devais te traîner depuis dix ans et tes vieilles Converse. Je ne me suis pas non plus arrêtée à ta coupe de cheveux, ni à ta pilosité, trop abondante à mes yeux. Pleine de mansuétude, je suis allée au-delà de mes préjugés et je me suis approchée de toi, bien décidée à en avoir le cœur net. Là, j'ai découvert que tu sentais bon, et lorsque tu m'as répondu, j'ai aimé ta voix grave qui ressemblait un peu à celle de Ian Curtis (c'est à cet instant qu'un truc dans mon cerveau aurait dû faire tilt : *Love will tear us apart*). Je te regardais, je t'écoutais et je souriais. En un rien de temps, j'ai flairé le diamant brut dissimulé sous l'apparence du pauvre type et, tel un clone féminin d'Indiana Jones, je suis partie à la découverte de tes trésors cachés. Je ne devais pas mettre de côté l'hypothèse selon laquelle tu pouvais être l'homme de ma vie. J'ai donc aussitôt entrepris une observation méthodique de ta personne, sans négliger aucun détail : l'édifice de ta séduction reposait sur un astucieux assemblage de qualités hétéroclites qui, l'une sans l'autre, auraient pu faire capoter l'équilibre précaire de ton potentiel.

*

Je ne remercie pas Leonard Cohen à qui il aura suffi d'une chanson pour me convaincre qu'il était l'homme idéal.

*

« If you want a lover / I'll do anything you ask me to / If you want a partner, take my hand / Or if you want to strike me down in anger / Here I stand, I'm your man. »

Leonard Cohen,
I'm your man, 1988.

*

Évidemment que ce n'était pas prévu qu'on se rencontre ce jour-là, à cet endroit-là, de cette façon-là. C'était pas programmé, programmer je ne sais pas faire et je crois bien que toi non plus. C'est le genre de truc que tu te prends comme un pain dans la gueule, tu ne vois pas le coup venir, tu ramasses et puis c'est tout (et parfois tu dis merci). Ce qui n'était pas prévu non plus, c'était de se plaire, et même beaucoup, et de sentir très vite que ça allait bien être le bordel cette histoire, qu'on n'en sortirait pas indemnes. Avec toi, je n'aurai pas à m'habituer, à faire comme si, à envisager des compromis. Avec toi, j'aurai juste à vivre quelques moments que je n'oublierai pas. Avec toi, j'aurai à peine touché du doigt l'idée du bonheur qu'elle s'enfuira déjà. Mais pour tout l'or du monde, je ne veux me priver de ça. J'aime la folie quand elle s'appelle comme toi.

*

Je me souviens de mon grand-père écoutant les matchs de foot courbé sur son petit transistor dans la cuisine. Enfant, j'aimais l'entendre commenter les actions et s'énerver contre les joueurs dont il ne pouvait qu'imaginer les mouvements sur le terrain et les buts invisibles. Aujourd'hui, quand je vois mon fils pousser des hurlements devant l'écran, je regrette qu'ils ne se soient pas davantage connus et égosillés ensemble.

*

Ma vie suit un drôle de tempo. J'ai aimé un batteur qui s'essayait à la basse, puis je suis tombée amoureuse d'un bassiste qui faisait semblant d'être batteur. Aucun doute, je suis une fille de la section rythmique.

*

Les jolies filles attendent que les concerts commencent et que leur cœur s'arrête.

*

Elle rentre à la maison et elle balance son sac plus lourd qu'elle dans un coin du salon. Elle se rue sur le placard de la cuisine et tartine de grandes cuillerées de Nutella sur du pain blanc. Elle regarde vaguement l'écran de son téléphone lorsqu'un message se signale. Elle ne répond pas. Elle envisage sa sœur, son frère, elle ne les envisage qu'un instant, elle les néglige ostensiblement. Elle remarque alors ma présence et me dit qu'elle a passé une journée de merde parce que la moitié de ses professeurs étaient absents. Elle est fière de m'annoncer qu'elle a eu un 18,5 en SVT et je sais bien qu'elle espère secrètement que cela aidera à faire passer la note du DS de maths qui s'annonce sévère. En minaudant, elle me raconte qu'un garçon l'a invitée à passer l'après-midi chez lui puisqu'il n'y avait pas cours mais qu'elle a choisi de ne pas y aller, ce type la drague depuis longtemps, ce serait presque trop facile. Et de cela elle ne veut pas. Parce que du haut de sa bouche qui n'a jamais embrassé d'autre bouche, elle me dit qu'elle attend le bon, le vrai, celui qui sera livré avec le paquet « amour ». Elle me dit qu'elle n'est pas pressée. Elle me dit qu'il n'est pas né celui qui la fera chavirer, qu'elle ne l'a jamais croisé, ou alors dans une série télé, ou alors au ciné, mais dans ce cas elle sait que c'était juste pour rêver. Elle revendique le désir de ne pas grandir trop vite, déclare qu'elle n'aime pas le genre que se donnent certaines filles du collège, qu'elle ne comprend même pas que les garçons s'intéressent à ces filles-là. Je l'écoute me dire ça, avec ses doigts pleins de chocolat, ses seins qui commencent à s'arrondir, ses jambes de sauterelle qui n'en finissent pas. Je l'écoute me dire ça et ça me fait sourire, parce que je sais bien, moi, que des garçons il y en aura et sans doute qu'il y en aura plein et sans doute qu'un jour cela arrivera et qu'alors elle ne me racontera rien. Je l'écoute me dire ça et je vois ses longs cheveux, ses longues mains, ses longs cils et je sais, moi, je sais ce qui se passera. Je profite qu'elle me parle encore, qu'elle ne se cache pas, qu'elle en plaisante, qu'elle en rougisse. Je profite de celle qui n'est plus une toute petite mais pas encore une grande, même si, ma grande, elle l'est et elle le restera. Je pense à ces moments où elle s'enferme dans sa chambre, où je ne la dérange pas, où je reste à distance, où je ne sais rien d'elle. Je pense à ces moments où elle m'échappe. Je pense à ces moments qu'elle vivra sans moi. Ces moments où se dessinent au creux de ses épaules et dans son premier mascara les esquisses du temps.

*

Enfant, je croyais que l'an 2000 ressemblerait à ce qui était dit dans *Starmania* : c'était plutôt effrayant.

*

Ma grand-mère me disait toujours qu'il n'y a pas de meilleure façon de découvrir quelqu'un que de lui rouler un patin. Forte de ce conseil ancestral, c'est tout naturellement que je me suis ruée sur ta bouche, ce dimanche, à 16 h 26, près de l'arrêt du bus numéro 10. Mon approche fut instinctive, il n'était pas question de tourner autour du pot, de prendre des gants, d'y aller par quatre chemins, non, je voulais ta bouche et je l'ai prise. J'ai failli manquer mon coup car tu as tourné la tête, soudain attiré par quelques mesures de *Let's go to bed* qui s'échappaient de la vitre ouverte d'une vieille BM poireautant au feu rouge. J'aime bien Robert Smith, mais c'était pas le moment qu'il vienne me faire chier, ce con. Je me suis hissée sur la pointe des pieds et j'ai posé un baiser au coin de tes lèvres. Tu as paru surpris, au moins une seconde, mais tu ne m'as pas repoussée, au contraire, tu as pris mon visage entre tes mains et, sans plus de cérémonie, tu as glissé ta langue dans ma bouche. On m'aurait mise dans un lave-linge sur le programme essorage 900 tours que ça ne m'aurait pas plus secouée. C'était bon de t'embrasser. J'aurais voulu que ça ne s'arrête jamais. Mais alors que j'avais un sourire béat, les yeux mi-clos et l'allure de celle qui vient de connaître son premier orgasme sans tout à fait comprendre ce qui lui arrive, tu as coupé court en déclarant : « Excuse-moi, mais il fait chaud et j'ai envie d'une bière. »

Nous avons marché quelque temps sur ce trottoir sans prononcer un mot, sans même nous regarder. Mon bras frôlait ta main qui frôlait mon sac qui frôlait ta cuisse qui frôlait ma jupe. J'avais l'impression d'être défoncée au crack, j'avais chaud et froid, les anges me parlaient et je voyais des mouches. Ma grand-mère aurait eu honte de mon amateurisme. Avisant un bar qui faisait l'angle de la rue, tu m'as demandé : « On va là ? » et j'ai répondu : « O.K. » C'était déjà une conversation de couple normal. « Tu veux regarder le foot ? — O.K. — Tu penseras à sortir le gâteau du four ? — O.K. — Tu me fais une petite pipe ce soir chérie ? — O.K. » Notre entente était parfaite, on pouvait se marier demain, tout allait bien se passer.

*

J'adore la chanson *99 Luftballoons*, de Nena, mais je ne parle pas allemand, alors quand par bonheur je l'entends à la radio, je la chante en yaourt.

*

Tu m'as attrapé la main et nous sommes sortis de la gare. On a traversé une place, dans la nuit tombante. Je n'étais pas assez couverte. J'avais la main froide, mais la tienne était chaude, mais la tienne était douce. On marchait dans cette ville que je ne connais pas, parfois tu t'arrêtais et tu m'embrassais. Et puis on repartait. Je ne savais pas où on allait, je crois que j'aime ne pas savoir où je vais, surtout quand je tiens la main d'un garçon. Tu m'as dit que j'étais belle, que tu avais de la chance. J'ai souri, que répondre à cela ? Mes talons se coinçaient parfois dans les pavés et tu me rattrapais pour que je ne tombe pas. Mes talons claquaient dans les escaliers et je me serrais fort contre toi au cas où tu aurais voulu me lâcher. Mais tu ne m'as pas lâchée ce soir-là. J'ai tenu ta main pendant cinq cents mètres et cela m'a semblé durer toute une vie.

*

Archéolovie (n. f.) : *Étude approfondie d'histoires d'amour anciennes reposant sur la collecte de leurs traces sensibles et de leurs preuves matérielles.*

*

La couleur de ses cheveux. Ses paires de lunettes. Sa façon de tenir ses cigarettes. Les disques qu'elle passait. Son perfecto noir. Sa manie de déplacer toujours les meubles. La place qu'elle me faisait dans son lit. Ses séances de maquillage dans la salle de bains. Les foulards qu'elle nouait sur sa tête. Sa bague en améthyste. Les vacances avec elle au camping. Son absolue féminité. Sa solitude. Les soirées avec ses amies. Les tableaux qu'elle peignait. Ses jambes si minces. Son sens inné de la mode. Ses ratés en cuisine. Sa voix douce. Ses chagrins amoureux. Sa manière de danser sur *Sweet Dreams*. Sa bibliothèque. Ses souvenirs d'enfance. La forme parfaite de son visage. Son écriture ample et ronde à laquelle la mienne ressemble un peu. Ses bottes cavalières. Son désir de séduire. Sa douleur d'exister.

Je pense souvent à ma mère sans parvenir à le lui dire.

*

J'ai voulu me mettre à la boxe. J'ai rapidement abandonné : je ne pouvais pas m'empêcher de dire pardon à chaque coup que je portais. J'étais ridicule.

*

Ce serait bien que l'on souffle enfin, qu'on repose tout ce fardeau qu'on se trimballe, qu'on arrête de se faire la gueule, qu'on se refasse la bise de temps en temps, qu'on parle d'autre chose que des notes des gosses et des factures de cantine, qu'on boive un verre un soir, qu'il franchisse un jour le seuil de ma porte sans y être contraint, que je ne me sente pas si étrangère dans ces murs où j'ai vécu, qu'on puisse se regarder dans les yeux et se parler, sans arrière-pensée. Ce serait bien, oui, c'est ce qu'on s'était promis un soir dans un restau, qu'on allait penser à nous, à nos vies qui continuent, maintenant qu'on sait que les gosses vont bien, qu'ils vont rouler leur bosse quoi qu'on fasse et quoi qu'on pense, qu'ils ont dans leurs bagages tout ce qu'il faut pour filer droit, ou pas, mais ça les regarde, on n'aura pas toujours notre mot à dire, c'est comme ça. Oui, c'est ce qu'on s'était promis, parce qu'on savait lui comme moi qu'on avait fait le tour, que nous deux c'était plus comme avant et que ça ne le redeviendrait jamais, parce que c'est trop tard, parce qu'on s'est dit salut, ciao, bye, parce qu'on en a pleuré, parce que je lui ai demandé pardon, même si ça n'excuse pas, je sais, mais quand même, j'aimerais. Je voudrais qu'il soit heureux, je voudrais que quelqu'un l'aime comme je voudrais que quelqu'un m'aime, absolument, sans retenue, sans traquenard, sans mauvais coup. Je voudrais pouvoir le voir de nouveau décrocher un sourire en ma présence, un sourire sincère, un sourire tranquille, un sourire gratuit. Parfois, rarement, ça arrive et putain c'est comme si j'avais gagné à la loterie, je me dis ça y est, on est passés de l'autre côté, on est devenus autre chose, pas seulement des parents, pas vraiment des amis non plus, mais autre chose.

Il nous est juste arrivé ce qui arrive à des milliers de gens. On s'est aimés et on ne s'aime plus. Ce n'est pas une raison pour se détester non plus.

*

Au supermarché, j'erre souvent dans les rayons fruits et légumes bio en imaginant tous les menus sains et équilibrés que je pourrais cuisiner. Et je finis toujours par dévaliser le rayon des plats préparés.

*

Je te regarde dans la nuit de ton appartement. Tu me racontes une scène de *Sailor et Lula*, alors qu'on écoute *Wicked Games* de Chris Isaak. Il y a la voix si sensuelle de ce type et ton histoire qui se calque en surimpression. C'est beau comme au cinéma et je n'exagère pas.

*

Je crois que je suis un peu trop fleur bleue.

*

Tu m'as fait écouter des chansons de 1986 et tu m'as dit que, selon toi, c'était une des meilleures années musicalement parlant. Tu m'as fait goûter du vin en m'expliquant que, pour être à peu près certain de ne pas se planter, il valait mieux s'en tenir à trois millésimes, 2000, 2005 et 2009. Tu m'as dit que cela t'amusait que nous n'ayons que cinq jours d'écart dans nos dates de naissance, malgré nos années de différence. Tu m'as promis qu'un jour nous aurions quelque chose à fêter. Tu m'as dit que tu n'avais jamais réussi à lire deux livres en même temps, mais j'ai pu constater le contraire. Tu m'as assuré que nous avions de longues années devant nous et qu'un jour nous emménagerions ensemble. À ce moment précis, j'ai presque oublié qu'après nos rendez-vous tu rejoins le lit d'une autre avec qui tu vis le reste du temps.

*

« Je n'attends pas à demain je t'attends / Je n'attends pas la fin du monde je t'attends. »

Gaston Miron, *La Marche à l'amour*, 1958.

*

De quoi parsemons-nous les chemins de nos vies ? De quoi remplissons-nous nos poches qui s'effilochent au gré de nos pas ? Quels mots ont le pouvoir de combler nos silences ? Qui détient la clef de nos coffres à secrets ? Où rangeons-nous les choses qui nous blessent ? Qui sait où l'amour commence et comment il finit ? Et l'amour finit-il vraiment ? Dans quelles mains déposer notre cœur palpitant ? Auprès de qui se réfugier lorsque l'orage gronde ? Combien de temps encore avant la fin du monde ? Et le monde finit-il vraiment ? Faut-il compter les minutes ou les laisser filer ? Sur quelle épaule pleurer sans craindre d'être consolé ? Y a-t-il quelqu'un qui sait tout de nous ? Et que savons-nous de nous-mêmes ?

Quels livres faut-il lire ? Lesquels reposer ? Qui chante la chanson de notre vie ? Quelles en sont les paroles ? Ritournelle ou mélodie ? Qui laisse ses mains sur nos hanches ? Et qui prend garde à la douceur des choses ? Si le prince charmant n'existe pas, qui sera son remplaçant ? Noir ou blanc ? Vide ou plein ? Comment brûler sa vie par les deux bouts sans y laisser sa peau ? Qui préside à nos destinées ? Que transmettons-nous à nos enfants ? Et de quoi les préservons-nous ? Combien de grains de sable entre nos doigts ? Et de lignes qui traversent nos mains ? Combien de pulsations pour un cœur paisible ? Et combien pour celui qui s'emballe ? À quel moment la roue tourne ? Combien de perdus pour un de retrouvé ? Comment faire de nos faiblesses une force ? Comment pardonner à nos parents ? Et pardonner à nous-mêmes ? Qui saura faire vibrer en nous la corde sensible ? Qui saura allumer en nous l'étincelle qu'on attend ? Et qui saura faire en sorte qu'elle ne s'éteigne jamais ? Combien de branches à l'arbre de notre mémoire ? Combien de souvenirs en bourgeon, éclos, fanés puis envolés ? Et s'envolent-ils vraiment ? S'envolent-ils ?

*

Un jour, après que j'ai récupéré ma fille au collège, elle m'a dit : « J'ai plusieurs copines qui adorent

…t Punk, mais comme toi aussi tu les écoutes, je …e peux pas m'empêcher de penser que c'est de la musique de vieux. »

*

Je sais rester à ma place, ne pas faire de bruit, passer inaperçue. Je suis de ces filles que l'on ne remarque que si l'on fait attention. Pourtant je sais aussi qu'en rentrant tu feras valser ma robe, mes collants, mes talons, mon chignon, mes jambes, mon cul, mes seins, ma bouche, mes yeux et que cela nous occupera toute la nuit.

*

J'ai envie d'une histoire différente, écrite avec d'autres mots, racontée par une autre voix. Ça changerait un peu.

*

« Peut-être bien que ça ne durera pas, cette affaire-là. Peut-être bien que ce sera un truc d'un mois, deux ou trois peut-être, dans le meilleur des cas. Et alors ? C'est déjà bien, non ? De quoi t'as peur ? T'as peur de t'attacher ? Mais c'est pas si grave de s'attacher, ça fait du bien d'avoir quelqu'un dans la tête, à qui penser comme ça, pour rien, le soir quand tu te couches ou le matin avant d'aller bosser. Et puis ça fait des souvenirs et les souvenirs, ça fait la vie plus belle. T'as peur que ça ne dure pas ? Mais, ma cocotte, rien ne dure jamais vraiment, la durée c'est très relatif, y a des plans d'une nuit que tu n'oublieras jamais et des histoires de vingt ans qui n'auront aucun goût à la fin. T'as envie de… construire ? T'as fait des études dans le bâtiment ? Parce que, je t'arrête, c'est pas une histoire de maçonnerie hein, c'est plutôt un truc sans fondement, qui te tombe dessus, ça se prévoit pas, ça se fabrique pas, ça s'écroule souvent. T'as peur du temps qui passe ? Je comprends bien, mais autant t'y faire, parce que là tu ne peux pas lutter. Le temps passe, il se barre en couilles oui, mais pendant qu'il passe, toi t'es vivante, enfin si tu t'en donnes la peine. Tu ne vas pas rester enfermée chez toi à attendre je ne sais qui. Le grand amour ? Laisse tomber, c'est un connard qui ne tient pas ses promesses. Un gentil garçon ? Oui, c'est tentant, mais au bout d'un moment, t'auras envie d'être un peu bousculée. Le coup de foudre ? Je veux bien, mais tu sais, parfois, on a du mal à s'en remettre, ça te grille des neurones, à mon avis vaut mieux l'éviter. Une histoire simple ? Bah autant te flinguer tout de suite, si t'es sur terre pour te contenter d'un truc facile et sans surprise. Sèche tes larmes, ma beauté, t'as tout à vivre encore. T'as quarante ans, et alors ?

Non mais arrête, à vingt ans t'es très mignonne c'est vrai, mais tu n'as rien vécu alors t'enchaînes les conneries et, au bout du compte, ça ne ressemble à rien. À trente ans, tu fais des mômes, en général tu te sens difforme et t'as envie de te cacher dans des fringues immondes. À quarante ans, c'est le moment, t'es prête pour être belle, tu connais ton corps par cœur et tu sais ce qui lui convient. Je t'assure, tu ne mesures pas ta chance. T'as des gosses ? Bah, je ne vois pas le problème, t'es pas la seule et il se peut que le type en face en ait aussi, figure-toi. Tu veux davantage qu'une histoire de cul ? D'accord, mais je t'encourage quand même à revoir ton jugement, parce que l'histoire de cul, comme tu dis, elle a le mérite d'être honnête, elle annonce la couleur, elle te prend pas en traître (elle te prend autrement, mais c'est un autre sujet), et puis, entre toi et moi, le cul pour le cul, ça arrive rarement. On peut pas s'empêcher de rajouter une bonne couche de sentiments, on est comme ça, que de la gueule, on dit qu'on va faire les forts mais en dedans on est tous guimauve. Le cul, c'est déjà un bon début. On peut être surpris, tu sais. Pourquoi je te dis tout ça ? Parce que tu me plais, parce que j'ai envie de te consoler, parce que j'ai envie de te prouver que t'en as pas fini avec l'amour, parce que tes yeux me bouleversent, parce que ton sourire me tue et que ça me fait chier que tu le dégaines pas plus souvent. Parce que je me dis que dans tout ce merdier on aurait tort de ne pas se faire du bien tous les deux. Parce que je vais aimer tes seins, tes mains, tes fesses, tes jambes et tout ce qui va avec. Parce que je vais te dire à quel point je te trouve belle, intelligente, drôle et que les mots vont me manquer pour ça. Parce qu'on va se barrer loin et laisser les cons entre eux. Parce que le cœur m'en dit. Parce que moi, tu vois, je n'ai pas peur. Parce que j'ai envie de te rendre heureuse. Alors oui, peut-être bien que ça n'ira pas très loin. On se fera du mal, on se gueulera dessus ou on se trompera. Mais qu'est-ce qu'on risque ? Dans le meilleur des cas, on se quitte bons amis. Et au pire, mais vraiment au pire, on s'aime. Franchement, y a pas de quoi s'inquiéter. »

*

« On ne parlait pas d'amour / L'amour c'est quoi ? / On ne parlait jamais d'amour / Le grand amour, ça n'existait pas. »

Albin de la Simone,
Le Grand Amour, 2017.

*

J'ai perdu mes premiers dessins. J'ai perdu mon temps souvent. J'ai perdu ma virginité sans en être bouleversée. J'ai perdu mes clefs. J'ai perdu les eaux trois fois. J'ai perdu patience. J'ai perdu pied sans me noyer. J'ai perdu certaines adresses et certains numéros. J'ai perdu trois de mes grands-parents. J'ai perdu mon chemin. J'ai perdu du poids, j'en ai repris aussi. J'ai perdu la mémoire lorsque cela m'arrangeait. J'ai perdu une de mes filles en Angleterre un été. J'ai perdu de l'argent, mais tant pis. J'ai perdu de vue plusieurs personnes. J'ai perdu mon sang-froid parfois. J'ai perdu au loto. J'ai perdu la face mais assez rarement. J'ai perdu l'acné de mes trente ans, mais fourbe, elle pointe de nouveau son nez. J'ai perdu le sens de l'orientation, l'ai-je jamais eu ? J'ai perdu l'estime pour des gens que j'aimais. J'ai perdu sa confiance, j'aimerais la regagner. J'ai perdu des bijoux auxquels je tenais. J'ai perdu l'envie d'avoir un enfant. J'ai perdu mes moyens sans me ridiculiser. J'ai perdu mes cheveux et je les perds encore. J'ai perdu quelques amitiés auxquelles je tenais. J'ai perdu certains souvenirs sans regret. J'ai perdu avec le sourire. Je n'ai pas perdu au change. Je t'ai trouvé.

*

Tu me dis que tu aimes mon côté nordique, ma blondeur et mes pommettes hautes. J'ai soudain l'impression d'être Liv Ullmann. Ça me plaît.

*

Un matin très tôt, tu m'as dit : « Viens, on va voir la mer. » On était en février, on se pelait grave les miches, il faisait encore nuit, il y avait une épaisse couche de neige sur le bord des trottoirs et du givre plein les vitres de l'appart, mais rien à foutre, tu avais envie d'aller voir la mer. C'était ça, le truc agréable avec toi, tu étais comme monté sur le ressort de tes impulsions, tu ne te posais pas de questions, tu fonçais tête baissée. Et pour moi à qui mes parents auraient pu donner procrastination en second prénom, c'était tellement inhabituel que je me sentais devenir une autre. Alors, on s'est bien couverts, on a mis des pulls en jacquard et des bonnets de laine qui nous faisaient ressembler à un couple de Deschiens, d'épaisses chaussettes dans des pompes de marche et on a pris la bagnole, ta Fiesta de quinze ans d'âge, direction la Normandie, celle que chantait Stone et Charden, celle où habitait ta grand-mère à qui on allait d'ailleurs rendre une petite visite. Moi, j'avais l'impression qu'on faisait tout à l'envers dans notre histoire. Je ne connaissais ni ta mère, ni ta sœur, ni tes amis, mais on partait voir mémé Gilberte à Varengeville-sur-Mer un dimanche matin glacé de février. Chiche.

Dans la voiture, on a écouté en intégralité l'album de Dominique A, *Vers les lueurs*. Les bornes de l'autoroute défilaient dans le jour qui se levait doucement, nous étions seuls au kilomètre 142, j'ai brièvement aperçu une biche dans un champ au loin. On ne se parlait pas, il n'y avait que sa voix à lui qui occupait l'habitacle et qui rendait palpable l'intensité de ce premier voyage tous les deux. Je fermais les yeux parfois, concentrée sur la voix et les mots de cet homme-là, et je sentais que c'était exactement là que je me rendais avec toi, vers les lueurs, nous y allions même tout droit. Et puis, quand il a fait pleine lumière, tu as changé le CD et tu as mis *Parklife* de Blur, histoire qu'on n'arrive pas les yeux trop trempés au bord de l'eau. Nous avons roulé trois heures, sans nous arrêter, je n'ai pas proposé de prendre le volant, tu ne me l'as pas demandé non plus, et puis j'aimais te regarder conduire. Je n'avais jamais observé aussi attentivement le côté droit de ton visage. C'est amusant comme il est différent du gauche. Il y a cette petite cicatrice sur ta tempe, là où tu m'as dit être tombé sur un caillou lors d'un cross au collège, et cet épi de cheveux que tu ne parviens jamais à dompter. Il y a ton sourcil légèrement plus haut que son comparse, qui te donne un air toujours surpris et charmant, je l'avoue. Finalement cette route vers la mer, c'était surtout à toi qu'elle menait.

Arrivés à Varengeville, il était encore tôt et nous nous sommes arrêtés prendre un café dans un bistrot. L'endroit était désert, à croire que nous étions les deux seuls tarés à vouloir voir la mer un dimanche matin. La patronne, rouquine et gironde, nous a servi deux expressos tout en nous parlant d'un tueur de vieilles qui sévissait dans la région. Illico, j'ai pensé à mémé Gilberte et je me suis mise à flipper. Je t'ai interrogé du regard et tu m'as dit de ne pas m'en faire, que ta grand-mère fallait pas l'emmerder et qu'il était pas né celui qui lui ferait la misère. Elle avait survécu à des parents notaires, à la guerre, à un mari schizophrène, à l'explosion d'une chaudière, à une chute dans l'escalier de la cave, à l'élection de Sarkozy, à l'anniversaire de ses quatre-vingt-quinze ans, alors ce n'était pas un serial killer qui allait lui faire peur. Ça a fait marrer la patronne qui nous a dit qu'elle pensait savoir qui était ta grand-mère et qu'elle allait sans doute être contente de te voir. Pour la peine, elle nous a même offert une deuxième tournée de café italien de Normandie et nous a montré l'article du journal local qui parlait du tueur en question. Tu as haussé les épaules. C'est alors que la rouquine m'a dit que je lui faisais penser à une actrice, mais si, vous voyez pas ? la grande gigue là, l'ex-femme de l'acteur qui est copain avec

Patrick Bruel. Alors là c'était le vide, je ne voyais pas du tout à qui elle faisait allusion. Mais si, la blonde avec ses cheveux là, elle a un grand nez même. Tu lui as demandé si elle parlait de Sandrine Kiberlain et elle s'est exclamée : « Voilà, Kingerlain, exactement ! » Et puis elle est repartie vers son comptoir sans un mot. Je t'ai dit :

— Mais enfin je ne lui ressemble pas du tout, je ne suis même pas grande, ni blonde, et je n'ai pas un grand nez.

— Non, mais tu es pleine de taches de rousseur chérie. Ça doit être pour ça. Et puis tu as toujours l'air à l'ouest. Comme elle.

— Super, j'ai répondu.

On est sortis du Café des Voyageurs et on a marché vers la mer. Les mouettes gueulaient à qui mieux mieux et je trouvais ça follement romantique. Si elles m'avaient chié dessus, j'y aurais peut-être vu un signe du ciel. Tu m'as pris la main sur la jetée. On aurait pu se croire dans un vieux Lelouch, toi et moi marchant dans les embruns, les cheveux au vent, le cœur battant, chabadabada (la grosse rousse avait dû mettre du calva dans son café, c'était pas possible que je devienne cul-cul comme ça). Je me sentais bien, avec toi, à regarder les vagues s'écraser contre le béton du remblai. Je ne sais pas combien de temps on est restés face à l'étendue grise, dans cet air froid de milieu de matinée hivernale. Je sais juste que je me collais à toi, que j'avais des nœuds plein les cheveux, que tu caressais mes joues et que tu remontais mon bonnet quand il me tombait sur les yeux. J'aurais pu mourir à ce moment précis, cela aurait été le bonheur parfait.

*

« Mais de toi je ferai ce que je voudrai / Et si tu prends mon cœur ça ne me fait pas peur / Et si tu prends mon corps tu n'as pas vraiment tort. »

Niagara, *Tchiki boum*, 1985.

*

Je fais ce que je peux avec mes rêves à satisfaire. Je fais ce que je peux avec mes enfants à accompagner. Je fais ce que je peux avec mes blancs à colmater. Je fais ce que je peux avec mes manques à gagner. Je fais ce que je peux avec mes fautes à pardonner. Je fais ce que je peux avec mes doutes à rassurer. Je fais ce que je peux avec mes besoins à sustenter. Je fais ce que je peux avec mon temps à rattraper. Je fais ce que je peux avec mon corps à dépenser. Je fais ce que je peux avec mes désirs à combler. Je fais ce que je peux avec mes comptes à rendre. Je fais ce que je peux avec mes erreurs à réparer. Je fais ce que je peux avec mes peurs à affronter. Je fais ce que je peux avec mes liens à renouer. Je fais ce que je peux avec mes décisions à prendre. Je fais ce que je peux avec mes vides à remplir. Je fais ce que je peux avec mes pleins à vider. Je fais ce que je peux.

*

J'aimerais m'y retrouver dans tout ce désordre.

*

Ce devait être en mai, étonnant comme j'ai oublié la date exacte. Âgée de dix-neuf ans, je revenais de Paris où j'avais passé un entretien pour un job d'été à la SNCF. J'ai pris le train de 17 heures, celui qui est toujours bondé parce que c'est la sortie du travail et que beaucoup de Picards rentrent chez eux. Je me suis assise près de la fenêtre. Je pense que je pourrais situer la rangée de sièges dans le wagon. Je revois la scène. Je portais un chemisier blanc soyeux, un jean noir assez serré et je m'étais fait des tresses. Le train se remplissait et chacun cherchait sa place. Un homme m'a demandé si le siège à côté de moi était libre et j'ai répondu oui. Je ne me souviens pas de son visage. Je sais en revanche qu'il avait une quarantaine d'années, qu'il portait un costume et qu'il avait une mallette ou un attaché-case, il présentait bien. Le train est parti. J'ai regardé le paysage. Il faisait chaud dans ce train et je me suis assoupie. Je ne sais pas ce qui m'a fait me réveiller. Une sensation de malaise sans nul doute. J'ai vu la main de cet homme, sa main droite, qui était placée là dans mon entrejambe. Sa main gauche, qu'il cachait par un exemplaire du *Monde*, se trouvait à l'intérieur de son pantalon dont il avait défait la ceinture. Cet homme était en train de se branler en me touchant. Il avait l'air satisfait. Une femme nous regardait depuis la rangée voisine. Elle me toisait d'un air méprisant. Je me suis sentie sale. J'ai pris peur. Tout en moi s'est paralysé. Je n'ai pas su quoi faire, je n'ai pas su quoi dire, alors je n'ai rien fait et je n'ai rien dit. J'ai baissé les yeux. Je me suis tue. J'ai eu mal au ventre et les larmes aux yeux. Mais je n'ai pas bougé. L'homme a vu que j'étais réveillée, que je ne réagissais pas, il a continué et s'est même fait plus pressant à travers le tissu, contre mon sexe. J'avais honte. Je voulais qu'il arrête mais je n'ai rien demandé, je n'ai pas dit non, je n'ai pas pu. J'écoutais mon cœur battre, je me souviens de m'être concentrée sur les pulsations, de n'avoir plus pensé à rien d'autre. Alors il a glissé sa main de l'autre côté du tissu. Je n'ai aucune idée du temps qui s'est écoulé. Cela pourrait être dix minutes comme une heure. C'était bien trop long, quoi qu'il en soit. La voix dans le haut-parleur a indiqué que nous allions entrer en gare. J'entends encore cette voix résonner en moi et annoncer ma délivrance. J'ai attrapé mes affaires avec précipitation, je me suis levée et j'ai dû passer devant cet homme. J'ai dit : *pardon*. Il s'est levé tranquillement, tenant toujours son journal devant sa ceinture. Je ne l'ai pas regardé. Je suis allée vers la porte, je suis descendue du train et je suis rentrée chez moi.

Je lui ai demandé pardon.

Cela a pris des années avant que je puisse en parler.

*

Bryan Ferry est le seul homme portant un costume qui me fasse de l'effet.

*

La nuit dans Paris était douce et le bar bondé. À l'étage, des gens se pressaient autour du comptoir, on circulait difficilement, on s'entendait à peine. Au sous-sol, des quinquagénaires anglais à guitare tenaient en haleine une piste pogotante et joyeuse. Nous étions là, nous et nos quarante ans, nous et l'histoire ancienne, nous et notre histoire neuve. J'ai reconnu les visages dont tu m'avais parlé, les personnes que tu m'avais racontées, ces bouts de ton passé avec lesquels tu as renoué. Par hasard, il y avait mes amies aussi, c'était comme si ton monde et le mien buvaient une bière dans le même verre. Le concert fini, nous avons poussé une porte sur laquelle était inscrit « Nombre de personnes limité à l'extérieur » et nous nous sommes retrouvés sur le trottoir. Là, un type du Sud tentait de séduire une fille délurée et n'y parvenait pas, il enfilait les vestes sans se décourager. J'ai cru entendre un de tes amis dire : « Il y a ce soir une certaine concentration de filles avec qui j'ai couché. » Le garçon arborant au revers de sa veste en jean un badge « Tous à poil » nous a ensuite proposé de continuer la soirée plus loin, dans un autre bar, où passaient des chansons qui nous ont fait danser. Nos quarante ans se déhanchaient l'air de rien et c'est comme si nos vingt ans ne nous avaient jamais vraiment quittés. La jolie fille est arrivée après, la cinquième de la bande, et elle m'a dit : « J'étais sûre que c'était toi celle dont il m'a parlé. » À ce moment j'ai réalisé que cette fois, tu me faisais pleinement entrer dans ta vie. Alors je t'ai regardé danser, une nana avait l'air de te draguer, mais je m'en foutais. Je savais que ce soir, c'était ma soirée.

*

Avec ma cousine, nous jouions assez souvent au docteur. Nous nous couchions dans le lit et l'une auscultait l'autre qui se mettait à moitié nue. Nous avions toujours peur d'être découvertes alors il fallait faire vite. Les consultations étaient rapides, silencieuses et gratuites. Magie du corps médical.

*

Les draps ont été retirés. La couette nue est sur nous. On porte encore nos pulls et nos pantalons. On est couchés et ce n'est pas la nuit dans la maison silencieuse endormie. Je me serre. Je sens ton cœur battre. Je me serre et puis j'entends : « Tu m'as sauvé la vie. » Tes mains parcourent mon visage et mes cheveux. Ta langue caresse mes dents et fait naître un sourire que je pose sur ta bouche. C'est un dimanche de décembre. Une chambre au premier étage. Dehors il fait froid. Mais dedans ces yeux-là, sous cette peau-là, j'entends palpiter la petite musique de notre histoire. Elle est jolie.

*

De mon enfance, je garde ce souvenir auditif, celui d'un son désagréable, le crissement des semelles de caoutchouc sur les terrains de basket-ball où j'accompagnais mon père presque tous les dimanches. Je m'y ennuyais beaucoup. Je traînais près de la buvette, une paille dans mon Orangina.

Régulièrement, mon père assez mauvais joueur finissait sur le banc ou s'engueulait avec un arbitre. Je n'aimais pas tellement être là, je ne jouais pas avec les autres enfants. J'attendais que le sifflet de la fin du match retentisse pour que mon père regagne le vestiaire et qu'on puisse passer du temps ensemble.

Hélas, cela sifflait aussi la fin du week-end chez lui.

*

Si j'avais pu donner mon avis, j'aurais préféré être Kim Gordon.

*

À l'impossible nul n'est tenu.
(Entre nous, ça m'arrange.)

*

Nous aurons des lits pleins d'odeurs légères. De mon adolescence, j'ai retenu ce vers. Ce premier vers d'un poème de Baudelaire. Je n'ai jamais su pourquoi j'ai retenu celui-là particulièrement. Souvent lorsque je ne pense à rien, je pense à ce vers. Je ne pense à rien mais toujours il me revient. Nous aurons des lits pleins d'odeurs légères. Plus jeune, je ne comprenais pas. Je n'avais encore jamais partagé un lit avec quelqu'un, à peine une heure, jamais une nuit. Les draps, je ne les froissais guère. Les nuits, je ne les agitais pas. Nous aurons des lits pleins d'odeurs légères. Je repense à ce vers. Il me vient sans y penser. Plus jeune, il me troublait. Il était empli d'une forme de gravité. Je savais que cela ne saurait s'arrêter là, que la légèreté cachait tout autre chose, quelque chose que je ne connaissais pas mais que je désirais. J'avais compris, déjà. Nous aurons des lits pleins d'odeurs légères. J'ai grandi depuis. Le temps a passé. Les hommes aussi. Et les nuits ont pris de la densité. J'ai appris à les habiter, à les parfumer, à les étreindre et à me laisser posséder. J'ai laissé une dose d'obscénité s'insinuer sous les draps. Nous aurons des lits pleins d'odeurs légères. Aujourd'hui je sais. Je fais et je défais les draps, je fais et je défais l'amour, je fais et je défais ma vie. Et je pourrais l'écrire désormais, faire miens ces mots que je connais par cœur, ces mots qui me reviennent lorsque je n'y pense pas. Nous aurons des lits pleins d'odeurs légères. Nous aurons des lits pleins de rageuses chimères. Nous aurons des lits pleins de murmures ardents. Nous aurons des lits pleins de souffles taris. Nous aurons des lits pleins de salive et de soie. Nous en aurons beaucoup, crois-moi. Nous en aurons beaucoup et nous n'en reviendrons pas.

*

Il y a eu cette fin du mois de juillet passée dans un cabanon sur pilotis, à Gruissan. Mon père m'avait vendu le truc en me racontant que c'était là que Beineix avait tourné certaines scènes de *37°2 le matin*. À l'époque, je portais une salopette en jean et un débardeur blanc, comme Betty. Je relevais mes cheveux pour qu'ils forment une coque sur le dessus, comme Betty. Je me souviens que mon père s'endormait l'après-midi devant l'arrivée du Tour de France. Je n'aimais pas ces vacances, je n'aimais pas ce chalet, je n'aimais pas cette vie. Je rêvais de me barrer alors je le faisais dans ma tête, comme Betty. Un matin, en me réveillant, je me suis rendu compte que j'avais eu mes règles pendant la nuit. C'était la première fois. Ça me faisait chier que ça se passe là, alors je l'ai caché. J'ai noté la date dans un carnet et puis je l'ai oubliée.

*

Une collection de tee-shirts noirs à inscriptions. Une machine Nespresso. Du Doliprane 1000. L'intégrale des films de Sofia Coppola. Des biscuits Thé de Lu. Une tondeuse avec sabot. Un fauteuil en skaï qui grince. Des piles d'ordonnances et de relevés bancaires en vrac. La radio branchée sur France Info. Des piles de bouquins posées au sol contre le mur. Le programme de ciné du mois. Un MacBook 13 pouces identique au mien. Une montre grise au bracelet découpé. Un parapluie dans l'entrée. Un sac Rough Trade. Deux bonnets de laine. Des carnets noirs Moleskine, un par année, remplis au crayon de papier. L'intégrale des romans de Michel Houellebecq. Un paquet de cigarettes. Une carte de médiathèque. Un pass de tram. Des clés d'antivol. Un lit en 160. Un reflex Canon. Un manuscrit inachevé attendant d'être repris. Deux ou trois bières dans le bas du frigo. Une préférence pour le vin rouge. Des dessins d'enfants. Des projets de vacances. Et quelques traces de moi, ici et là.

*

Je n'ose jamais avouer que je ne me souviens pas du soir de l'élection de François Mitterrand.

*

Nous habitons à plusieurs centaines de kilomètres l'un de l'autre. La distance entre nous me paraît parfois insupportable.

*

Nous n'irons pas au cinéma, un soir, en rentrant du travail. Nous ne ferons pas bibliothèque commune. Nous n'aurons pas de souvenirs de notre jeunesse à deux. Nous n'irons pas aux repas de famille. Nous ne nous relaierons pas sur la route des vacances. Nous n'aurons pas de compte joint. Nous n'irons pas dîner chez les voisins. Nous ne nous endormirons pas devant la télé. Nous n'aurons pas de place attitrée dans le lit. Nous n'aurons pas d'animal de compagnie. Nous ne parlerons pas de factures, ni de hausse des impôts. Nous n'aurons pas le même médecin traitant. Nous ne laverons pas notre linge sale en même temps. Nous ne partagerons pas la même salle de bains. Nous ne trouverons pas le temps trop long. Nous n'aurons pas d'enfant ensemble. Nous ne donnerons pas le numéro de l'autre en cas d'urgence. Nous ne rentrerons pas par le même train. Nous ne nous promettrons rien. Nous ne nous habituerons pas l'un à l'autre. Nous ne nous lasserons peut-être pas.

*

Une amie me téléphone pour m'apprendre sa grossesse. Je suis bouleversée. Je prends conscience que pour moi, tout ça c'est terminé.

*

Jour 1 : je te rencontre – il fait beau – nous marchons côte à côte dans les rues – tu me montres des endroits – tu me parles de ta vie – je t'écoute – tu m'embrasses – nous décidons de nous revoir.

Jour 2 : nous nous revoyons – c'est le soir – tu me rejoins à l'appartement – nous écoutons de la musique – nous faisons l'amour (nous n'avons pas couché le premier soir) – tu ne restes pas.

Jour 3 : tu m'appelles – nous prenons un café – nous sortons dans le soleil – nous visitons un musée – nous marchons encore – nous fumons une cigarette – tu me raccompagnes – je te demande si tu veux monter – tu montes.

Jour 21 : nous sommes en vacances – nous nous appelons – je bronze – j'écris – je mange très peu – je te rappelle.

Jour 36 : nous avons rendez-vous – nous allons au restaurant – nous nous promenons de bar en bar – nous rentrons très tard – nous dormons ensemble.

Jour 58 : tu regardes une autre fille – je suis jalouse – nous nous disputons – tu me dis que je suis pénible.

Jour 74 : nous nous réconcilions – nous allons à un concert – nous faisons l'amour dans les toilettes d'une galerie d'art – nous rions.

Jour 102 : nous faisons les magasins – tu es de mauvaise humeur – nous passons par la librairie – tu ne vas pas très bien – je m'inquiète.

Jour 139 : c'est mon anniversaire – tu m'offres des cadeaux – je suis contente.

Jour 161 : nous écoutons des disques – nous dînons au restaurant – nous sortons danser – nous rentrons dormir – nous nous réveillons ensemble – tu me dis que tu m'aimes.

*

Lorsqu'il avait neuf ans, mon fils a écrit une histoire d'amour unissant deux soldats de la Première Guerre mondiale. Un jour que nous passons à proximité d'une manifestation contre l'homoparentalité, il regarde ces gens tenant des pancartes qu'il lit sans parvenir à les comprendre. J'ai alors pensé qu'il serait utile que certains lisent l'histoire de Hans et Miroslav.

*

Sans transition, tu m'annonces que tu as quitté ta femme et décidé de divorcer.

*

À ce moment précis, la lumière était éteinte dans la pièce et nous étions nus sous les draps. Dans la pénombre, nos corps se distinguaient malgré tout, pâles faisceaux en mouvement. Il m'a semblé parcourir ta peau pour la première fois. Il m'a semblé être enfin à l'endroit où je devais être. Je me souviens que j'ai fermé les yeux pour fixer cet instant, pour l'imprimer sous ma rétine, pour l'inscrire dans la mémoire de notre histoire. Dehors il pleuvait, je crois.

*

Adolescente, je faisais souvent le même rêve. Dans ce qui me semblait ressembler à un hangar désaffecté, j'étais assise sur une chaise. Puis je réalisais que j'étais attachée. Un homme dont je ne voyais pas le visage se tenait devant moi. Il m'arrachait mes vêtements puis me violait. Enfin, je suppose qu'il le faisait car je me réveillais toujours avant que cela ne se produise.

Ce rêve récurrent, je l'ai longtemps tu à mon entourage, de peur de passer pour une enfant perverse.

*

Je me souviens de ce jour où tu m'as dit : « Tu es à la fois punk-rock et sentimentale. C'est ce que j'aime en toi. »

*

Brutalement, sans ménagement, inconsciemment, sans un mot, par surprise, en souplesse, l'air de rien, avec les mains, sans prévenir, au réveil, lentement, doucement, tendrement, pendant la nuit, dans un souffle, une échappée, un murmure, un cri, avec force, avec encore plus de force, en recommençant, en riant, en y croyant, à se bouffer, à se serrer, à s'empoigner, à s'étreindre, à se briser, à se tordre, les mains serrées, la bouche tremblante, les yeux ouverts, avec élan, avec simplicité, avec évidence, dans un lit, dans une rue, dans une autre ville, avec imagination, sans trop de précaution, parfois, souvent, chaque jour peut-être, ou plus, ou moins, avec tes yeux, avec ta bouche, avec ta peau, avec ton sexe, avec ton sourire, oui comme ça, juste comme ça, je veux que tu me prennes et que tu ne me lâches pas.

*

« Jamais fille chaste n'a lu de roman. »

Jean-Jacques Rousseau,
Julie ou la Nouvelle Héloïse, 1761.

*

J'ai l'impression qu'en me défaisant de mon ancienne peau, celle du dessous me correspond vraiment. Je gratte, je creuse, je fore. Je cherche la transparence qui sera l'évidence.

*

J'ai fait cela pendant des années.

Je suis allongée dans le lit chez mes grands-parents, la porte est entrouverte et laisse filtrer la lumière que diffuse l'applique de l'escalier. Seul mon visage dépasse de l'édredon. Je plisse peu à peu les yeux, faisant ainsi varier l'effet de la lumière sur ma rétine. Plus je baisse les paupières, plus la lueur se pixellise, se démultiplie, se dématérialise. C'est comme l'entrée dans un autre monde avant de plonger dans celui de la nuit. Je suis seule dans le lit, j'entends le son de la télévision en bas, je vais aller à l'école le lendemain, c'est mon grand-père qui m'emmènera. En attendant, mon enfance se joue là, dans l'éclat cristallisé d'un bonheur fugitif que je modèle à mon gré.

*

PHOSPHÈNE (n. m.) *(grec* phôs, *lumière, et* phainein, *briller) : sensation devant l'œil d'éclairs lumineux, bleutés ou blancs, mieux visibles la nuit et qui se répètent souvent au même endroit.*

Exemple : J'ai des phosphènes plein les yeux, ça fait comme une boule à facettes qui tourne non-stop dans ma tête.

*

Au moment où je sens que cela va se produire, j'éloigne ma bouche et approche mes seins nus. C'est l'histoire de quelques secondes. Un cri, une absence, puis plus rien. J'étale ensuite le liquide chaud avec mes doigts, ma paume entière semble adhérer à ma peau. La lumière est éteinte, cela tombe bien, je ne veux rien voir. Je veux juste sentir l'électricité qui jaillit brutalement de son corps alors qu'elle s'impressionne sur moi, je veux rendre palpable la fulgurance de ce qui ne dure pas.

*

À l'époque où j'écoutais Nirvana, je voulais émigrer à Seattle, mes films favoris étaient *Reality Bites* – je rêvais souvent que je me réincarnais en Winona Ryder –, *Drugstore Cowboy* et *My Own Private Idaho*. J'étais amoureuse de River Phoenix, à croire que j'ai toujours eu un faible pour les mecs suicidaires. Je faisais des trous à mes jeans, achetais des vestes en daim aux puces de Saint-Ouen, portais des collants déchirés dans mes Doc Martens et teignais mes cheveux en noir en les effilant au rasoir Bic. Je lisais Cioran et considérais que c'était un véritable inconvénient d'être né. Je pensais qu'avoir des enfants était une erreur et que mourir jeune était la seule façon de ne pas rater sa vie. Au regard de ce passif, je pense pouvoir dire que, contre toute attente, je ne m'en suis peut-être pas si mal sortie.

*

« De toutes les personnes âgées, tu es ma préférée. »

Mon fils, à six ans.

*

Je n'ai volé qu'une seule fois. En juillet 1998, je m'étais fait recruter en tant que contrôleur sur les trains-couchettes Paris-Amsterdam et Paris-Hambourg. Les titulaires nous faisaient souvent faux bond sans le dire et nous, étudiants, devions gérer des trains entiers à nous tous seuls : les pickpockets avec qui je me retrouvais nez à nez à trois heures du mat en gare de Charleroi, les portes ouvertes en pleine nuit à pleine vitesse et moi qui me penchais accrochée à la porte des chiottes pour essayer de les refermer (au péril de ma vie, n'importe quoi), l'herbe que je passais en douce pour les potes et que je planquais dans les draps sales quand la douane se pointait avec les chiens, les ados qui voyageaient clean à l'aller et grave défoncés au retour, les conversions improbables que je faisais dans toutes les devises du monde et tout ce fric que je manipulais (en recomptant tout le temps de peur de m'être trompée et de devoir rembourser de ma poche), les hôtels que nous réservait la SNCF et les coffee-shops à côté, les petits déj charcuterie-fromage en Allemagne, les supporters hollandais en orange et les Écossais à poil sous leur kilt pendant la Coupe du monde, une collègue avec qui j'avais sympathisé et chez qui j'ai dormi rue Mouffetard avant de passer mon oral de CAPES (le jour d'un France-Italie regardé dans un bar du XIe en me disant qu'ils allaient perdre et que je n'aurais jamais mon concours – mais ils ont gagné et je l'ai eu), ce contrôleur allemand qui a fermé la porte de mon compartiment à clef puis baissé son froc et l'impression soudaine que j'allais y passer toute crue, le vomi qu'il fallait parfois nettoyer au petit matin, les nuits sans dormir, pas de téléphone portable en cas d'urgence, tous ces objets perdus que je dénichais dans les draps, dans les filets, sous les oreillers et que personne ou presque ne venait réclamer, cet étudiant avec qui j'ai flirté sur la banquette du haut, les discussions en anglais avec les insomniaques accoudés aux fenêtres dans les couloirs, les putes que l'on voyait dans les cabines éclairées au néon quand on traversait Bruxelles, toutes ces villes aperçues dans l'obscurité mais jamais visitées et l'impression de passer un été singulier. Alors le dernier jour du dernier voyage, lorsque je suis descendue du train, j'ai piqué la plaque de destination apposée sur le wagon. Ce n'était pas du vol, mais un souvenir.

*

On pourrait croire que les choses me glissent dessus. La vérité, c'est que je suis un bloc d'angoisse à moi toute seule, une sorte d'iceberg dont la partie émergée ne représente qu'un infime pourcentage de la masse de stress camouflée sous la surface. Tu ne te doutes de rien, je te souris, mais à l'intérieur je suis liquéfiée, fondue. J'absorbe, l'amour comme la trouille, j'absorbe pour que rien ne laisse de traces. Ma mère aurait mieux fait de m'appeler Spontex.

*

« Tu sais maman, ce serait bien si tu étais aussi belle que Sophie Marceau. »

Ma fille, à neuf ans.

*

Tu m'écris que tu as envie d'un appartement, un appartement où on vivra tous les deux, un bel appartement lumineux. Il y aura un grand salon où on pourra mettre la musique à fond et organiser des fêtes, des chambres pour les gosses et des meubles de récup. Tu me dis qu'il me faudra une baignoire, je te réponds qu'il nous faudra un balcon. Il y aura du parquet, des carreaux de ciment dans la cuisine et de la hauteur sous plafond. Nous donnerons nos livres et nos disques en double aux copains. En bas, il y aura sans doute un parc et un garage à vélos. Avec un peu de chance, nous aurons de chouettes voisins et les amis viendront nous voir de loin. Après avoir tapé le code, ils pousseront la grande porte et souriront peut-être en voyant nos deux noms sur la même boîte aux lettres.

*

On ne m'avait pas dit qu'un jour ma fille aurait quinze ans. On ne m'avait pas dit qu'elle aurait des seins et des poils et que ça me filerait le bourdon. On ne m'avait pas dit qu'elle viendrait en douce emprunter mes pulls dans ma chambre. On ne m'avait pas dit qu'elle tomberait amoureuse de chanteurs dont j'ignore l'existence. On ne m'avait pas dit qu'elle me demanderait un soir d'août si elle peut commencer à se maquiller pour aller au lycée. On ne m'avait pas dit que lorsque je la regarderais sans rien dire, je m'y retrouverais un peu. On ne m'avait pas dit qu'elle me déclarerait un jour que je m'étais fait – je cite – larguer comme une merde. On ne m'avait pas dit que son rire garderait cette part d'enfance qui le rend incroyable. On ne m'avait pas dit qu'elle aurait des chagrins qu'elle préfère me cacher et dont je ne saurai jamais rien. On ne m'avait pas dit qu'elle me réclamerait un jour un sac Vanessa Bruno, alors que moi, je n'en ai même pas. On ne m'avait pas dit qu'elle commencerait à aller se balader en ville avec ses copines, sans moi. On ne m'avait pas dit qu'en voiture elle aurait un casque sur les oreilles pour écouter sa musique et plus la mienne. On ne m'avait pas dit qu'elle ressemblerait à une blonde héroïne de Sofia Coppola. On ne m'avait pas dit qu'elle aurait un téléphone portable sur lequel je la joindrais, au top de mon devoir maternel, pour lui apprendre qu'un acteur de *Glee* est mort. On ne m'avait pas dit qu'un jour elle me demanderait ce qu'est un plan à trois. On ne m'avait pas dit qu'elle dirait aussi souvent je t'aime à son père et pas si souvent à moi. On ne m'avait pas dit qu'elle squatterait la salle de bains plus longtemps que moi. On ne m'avait pas dit qu'elle claquerait autant de portes. On ne m'avait pas dit à quel point elle garderait en elle ce mystère qui fait que je la connais et que je ne la connais pas. On ne m'avait pas dit qu'elle aurait ces yeux-là, ceux qui disent je sais tout, ne me mens pas. On ne m'avait pas dit comme ce serait si difficile pour elle d'avoir quinze ans. On ne m'avait pas dit qu'elle serait la première à m'appeler maman.

*

À l'école, j'étais souvent parmi les derniers à être choisis pour constituer les équipes de sport collectif.

*

Étudiante en lettres, sur le conseil d'un professeur, je m'étais intéressée à la littérature française du XVIIIe siècle et plus particulièrement aux auteurs libertins, au point d'y consacrer un mémoire et une année entière de ma vie. Je crois que je trouvais dans ce langage une beauté que j'ai toujours cherchée depuis. J'aimais tout particulièrement les tournures de phrases ampoulées et le lexique d'une désuétude charmante : l'escarpolette, l'alcôve, les atermoiements, la galanterie, le soupir, la pudeur rougissante, le transport amoureux, les égarements du cœur et de l'esprit. J'aimais surtout imaginer les jeunes filles attendant lascivement d'être arrachées du couvent qui les retenait captives, abandonnées à l'ennui dans leur austère cellule, mais ne rêvant en secret qu'à une chose : être troussées frénétiquement par un jeune amant dont la fougue innocente allie avec éclat le vit et la philosophie.

*

À l'idée d'emménager avec toi, je me demande si mon tee-shirt de Siouxsie and the Banshees va réussir à s'entendre avec ton tee-shirt des New Order, si ma brosse à dents bleue va s'encanailler avec ta brosse à dents verte, si mes Converse grises ne vont pas être jalouses de tes Converse grises.

*

ARGUMENTS POUR UNE VIE COMMUNE	ARGUMENTS CONTRE UNE VIE COMMUNE
Picoler un bon vin le soir sans avoir la sensation d'être une ivrogne devant mon verre solitaire.	Devenir alcooliques.
Parler avec toi du dernier bouquin lu, de la dernière chanson écoutée, du dernier concert vu, de la dernière position essayée.	Se poser la question du devenir des objets en double (deux éditions identiques de *Haute fidélité*, deux originaux de *London Calling,* deux DVD de *Paris, Texas*, deux intégrales des suppléments sexe des *Inrocks*, deux coffrets *Starwars*, deux collections de billets de concert) et envisager de s'en séparer.
Poser la tête sur tes genoux pendant qu'on regarde un film et que tu me caresses les cheveux.	S'inquiéter d'un retard, d'un silence, d'un oubli, d'un secret.
Manger de bons petits plats (préparés par quelqu'un d'autre que moi).	Tergiverser pour savoir qui va préparer le dîner, et se rabattre sur un plat surgelé (réchauffé vite fait).

S'engueuler à propos de conneries, et en rire.	S'engueuler à propos d'une facture impayée, d'une baguette oubliée, d'un cheveu retrouvé sur un pull pas rangé.
Monter plus rapidement les meubles Ikea.	En avoir assez de passer les dimanches à fixer des trucs qui ne sont jamais droits.
Pouvoir s'embrasser tout le temps pour rien, à pleine bouche, sur la joue, dans la nuque, sur les mains, dans un lit, contre le frigo, sous la douche, sur le palier, dans la cage d'escalier.	Avoir la trouille que tout s'arrête quand soudain on ne baise plus, qu'on s'embrasse moins, qu'on ne se regarde plus, qu'on préfère que la lumière soit éteinte.
Ne rien faire ensemble (et adorer ça).	S'emmerder ensemble (et détester ça).
Voir ta tronche au réveil, le midi, le soir, et me pincer pour me dire que je ne rêve pas.	Voir ta tronche au réveil, le midi, le soir, et réaliser que je n'en ai plus envie.

*

J'ai été élevée au son de la bande FM. Je reconnais instantanément les pires bouses des années 1980. Je gagne souvent au blind test.

*

J'aime surtout la peau, le grain de beauté, la cicatrice, le pli. J'aime surtout la peau qui sucre ma langue lorsque celle-ci se dépose là ou encore ici. Je me shoote à l'odeur de la peau, ma peau de femme, ta peau d'homme, cette peau humaine, je m'en fais un rail, je sniffe, je respire, je hume, j'inspire. Je pose la main sur ta peau. Je caresse, je palpe, je tâte, je serre, je griffe, j'agrippe, j'attrape, j'empoigne, puis je relâche l'étreinte, lentement. C'est une peau-paysage, pleine de dunes et de plaines, emplie de forêts et de terres humides, à perte d'horizon et toujours en mouvement. C'est un voyage que j'entreprends, j'aborde ton mystère, j'accoste près de tes côtes, je m'enlise dans tes sables, je nage en eaux profondes, je me noie, je reprends mon souffle, je me noie encore, c'est indécent. C'est une entreprise difficile, il faudrait pouvoir tout parcourir, de long en large, de gauche à droite, de haut en bas, tout cela à la fois, c'est impossible, je le sais, ta peau glisse sous mes doigts, elle m'échappe, elle se moque de moi, elle me défie de la retenir, de la goûter, de la pétrir, mais à la fin, elle se défile et je n'ai plus rien entre les mains que ce parfum inégalé, celui que le désir fait naître pour mieux me consumer.

*

Tu me dis : J'ai acheté des verres à dégustation. / Tu me manques. / Je bouffe à la cantine. / Je suis allé chez le barbier turc. / J'attends que tu arrives. / On a loupé la fête du cinéma. / Je n'ai pas le courage de déménager. / Je me sens soulagé. / Toi, ça va aujourd'hui ? / La douleur commence à se réveiller. / Ça pourrait être pire finalement. / On se fera des restos cette semaine. / On pourra voir les demis et la finale. / J'irais bien voir l'expo Richter. / Je t'attends pour le Scarlett Johansson. / Je t'attends pour tout de toute façon. / On prendra notre temps. / J'ai attendu cette photo toute la journée. / Tu me fais confiance non ? / Je ne savais pas que t'aimais ça. / Je ne suis pas du genre à parler de moi. / Mais ta vie m'intéresse. / Parce que c'est la mienne aussi. / Tu fais quoi ? / Je t'aime.

*

Je suis une capitaliste d'extrême gauche. Ce n'est pas toujours facile à vivre.

*

Un jour, à Beaubourg, j'ai longuement suivi une fille qui portait un sac A.P.C. ALGER. Je ne sais pas ce qui m'a plu en elle, ses cheveux noirs, sa peau mate, son cuir et sa minijupe, son allure glam-rock. Je me suis demandé si elle venait vraiment d'Alger, si elle était pour quelques jours à Paris, si elle était venue y rejoindre quelqu'un. Mais elle était seule dans les allées tandis que je l'observais. Elle ne s'est rendu compte de rien.

Je crois que j'ai toujours préféré mater les filles que les garçons, même devant les photos de Cartier-Bresson.

*

Je ne comprends pas pourquoi le rouge à lèvres tient si bien sur la bouche des autres femmes mais jamais sur la mienne.

*

Vendredi soir je ramène mes enfants chez leur père. Très vite, mon fils se met à pleurer. Il pleure beaucoup, il pleure vraiment. Je lui propose d'aller faire un câlin dans sa chambre. Je monte les étages de cette maison que je n'habite plus, j'entre dans la chambre que je ne reconnais plus. Assis sur son lit, je le prends dans mes bras et tente de l'apaiser. Il est secoué de spasmes. Il bouffe son doudou jusqu'à l'intérieur de la pelure. Il dit : « Tu es seule maman, tu es seule la semaine où on est là et je ne suis pas avec toi. » Je lui explique comme je peux que je ne suis pas triste, que je pense à eux et que je suis heureuse quand ils sont avec leur papa, parce que je sais qu'ils sont bien avec lui, que je ne m'ennuie pas, que je lis, que je prends des bains, que je vois des amis, que je fais des petits voyages, qu'il y a de jolies choses dans ma vie avec eux et de jolies choses sans eux aussi. Il se calme mais lorsque je lui demande si je peux y aller, il pleure de nouveau. Cela dure plus d'une heure. Son père me dit que notre fils s'inquiète de la même façon pour lui. Désemparée, je finis par partir.

*

« Tu sais, ça arrive pas dans la vie d'une mère qu'elle aime moins son fils. La seule affaire qui va arriver, c'est que c'est toi qui vas m'aimer de moins en moins mais ça, c'est l'ordre naturel des choses, tu comprends-tu ce que je te dis ? »

Anne Dorval, dans *Mommy*,
de Xavier Dolan, 2014.

*

Elle est là, la fille que tu viens de draguer sous mes yeux, elle est là devant moi dans les toilettes du bar, et elle ne sait pas que tu joues parfois à ce jeu-là, séduire quelqu'un devant moi. Je me demande si elle est jolie ou, pour être honnête, je me demande si elle est plus jolie que moi. Je me demande si elle porte la même taille de vêtements, si c'est un bonnet B ou un bonnet C, si le blond de ses cheveux est vrai ou tout aussi factice que le mien, si elle est épilée aux mêmes endroits que moi, si elle fume les mêmes clopes, ce qu'elle porte comme parfum. Je la trouve jolie, je la trouve à mon goût et donc au tien. Je n'ai rien à lui reprocher, je ne suis pas du genre à jouer la harpie, à lui coller une beigne, à lui cracher au visage. Non, rien de tout cela, je ne suis pas de ces filles-là. Je l'observe, c'est tout, parce que je suis curieuse, parce que je veux comprendre ce qu'elle a qui fait que. Parce que c'est mon grand problème ça, comprendre, comme si tout pouvait être expliqué, comme si tout devait être décodé. J'aime donner du sens, à tout, tout le temps. Ça m'épuise. Je voudrais pouvoir laisser couler, comme l'eau qu'elle laisse ruisseler du robinet et qui suit toujours un même chemin, s'échappe et disparaît. Je voudrais que ça me glisse dessus, toutes ces idées noires et ces inquiétudes inutiles, que cela s'évanouisse sans laisser de traces. Je l'observe et je me demande si elle est comme ça, si elle n'est faite que de légèreté, si elle sait régler son compte aux incertitudes, si elle agit sans penser à l'après. Parce que moi c'est toujours l'après qui me triture les méninges, et demain, et après-demain, et si, et si. Je donnerais n'importe quoi pour me soustraire à ces scénarios. Alors je regarde la fille qui se regarde dans le miroir, se remaquille, se recoiffe, se fait jolie. Je me demande comment elle se désape, comment elle passe sa langue, comment elle murmure, comment elle empoigne, comment elle crie, comment elle s'emboîte, comment elle jouit. Je l'imagine. Elle est vraiment jolie. C'est à ce moment précis qu'elle se retourne vers moi et me fixe. Je lui souris.

*

Je crois que j'ai à peu près tout lu sur Marilyn Monroe, Jayne Mansfield ou même Anna Nicole Smith. J'ai une fascination pour les filles qui fascinent les garçons.

*

La nuit malade a déposé sur ma peau des pellicules roses, des pétales agglutinés en grappes traçant à leur insu des péninsules inconnues. D'un doigt, si tu es patient, tu peux en suivre le contour, tu peux t'immiscer dans le mystère de mon organisme fébrile, tu peux y voyager sans carte ni boussole. Lentement, mon corps s'est imprégné du virus, il l'a digéré, il l'a fait sien et maintenant il l'exhibe, il le rend visible, il le verbalise. Les miasmes ont fait de moi leur parchemin. Je regarde ces traces sur ma peau, je les trouve laides et irrégulières, je voudrais les dérober à tes yeux, je voudrais me résorber, me dissoudre, me fondre comme un acide sous ta langue. Mais la maladie fait son œuvre, elle suit son chemin, elle s'empare de moi tout entière, elle m'empoisonne en déposant sur moi son sceau. Je compte les plaques rougeâtres et puis je cesse. Je sais qu'elles sont miennes, pour quarante-huit heures peut-être, qu'elles vont disparaître comme elles sont apparues, sans prévenir. Je vais patienter et, lorsque tout se sera effacé, tu pourras revenir déposer tes propres empreintes, ce sont les seules traces que j'aime, celles qui me parlent silencieusement de toi.

*

Je n'ai pas tellement aimé le film *Amour*, de Haneke. Je me suis toujours dit que je préférerais crever plutôt que d'avoir les fesses torchées par la personne aimée.

*

Ce sont les premières notes de *She's lost control* qui me font me lever pour rejoindre la piste. La journée a été sans fard, sans couleur, sans goût. Nous nous sommes engueulés par messages interposés, je n'en peux plus de ne pas savoir si demain tu seras encore là. Soudain je n'ai besoin que de cela, ce morceau que j'avais un peu oublié et qui revient de loin, de ces années plus insouciantes, ces années de jeunesse. Le dancefloor est bondé, les gens se serrent et la chaleur est palpable, d'ailleurs des mains me touchent sans que je sache à qui elles appartiennent, je dérive dans la moiteur collective qui transpire des murs de cette cave voûtée. Mes amis sont restés agglutinés au bar, la serveuse rouquine est sexy et ses tatouages leur racontent des histoires qu'ils aimeraient connaître par cœur. Ils commandent des bières et me font un signe de la tête, je leur fais comprendre que je les rejoins plus tard, je danse, je m'évade, loin de cette vie qui ne ressemble à rien de ce que j'imaginais avant, quand je me dopais à tous les possibles. Je me sens troublée. C'est la faute de ce morceau, c'est de la nostalgie en barre, mais j'aime ça, la douleur du souvenir. C'est sournois la nostalgie, ça surprend et sans crier gare, la légèreté, l'impulsion, la pulsion me font sauter sur place en levant les bras. Alors que je suis presque à bout de souffle, je reconnais le début synthétique de l'ours de Grauzone et je sais que mon cœur va s'emballer, que c'est un aller sans retour pour lequel j'ai embarqué. Par curiosité et parce que je veux savoir qui joue ainsi sans ménagement avec ma mémoire, je regarde vers la cabine. C'est une fille qui passe les disques. Elle est belle. J'essaie de l'approcher, mais tout autour de moi c'est l'émeute, le pouls survolté, le souffle euphorique : j'ai du mal à me frayer un chemin dans la clameur allemande du chevelu suisse que toute la salle reprend en hurlant. Je sue dans mon tee-shirt qui colle. Je progresse vers la cabine, guettant le regard de la DJette, j'ai envie qu'elle lève la tête vers moi, mais elle est concentrée, fouille d'un air distant ses caisses de disques et en sort une pochette noire sur laquelle se concentrent des cercles colorés. Dès le début de *Blue Monday*, je sens le piège se refermer sur moi. Les synthés me vrillent les tympans. *Tell me how do I feel.* Ce sont ses mains que j'aperçois en premier, lorsque j'arrive enfin près d'elle, des mains aux ongles vernis de rouge, des mains anguleuses qui manipulent les vinyles comme des pierres précieuses qu'elle glisse sous le saphir. Elle porte un body noir qui découvre son dos et un jean si serré que l'air ne peut s'infiltrer entre le tissu et la peau. À son sourire discret, je devine qu'elle m'a remarquée. Je voudrais lui dire à quel point j'étais triste ce soir, et combien la musique qu'elle me balance dans le ventre me prend aux tripes. J'aimerais que ses jolies mains caressent ma peau comme le diamant court sur le sillon du vinyle. Je rêverais que la setlist de cette nuit se reproduise pour la vie entière, ou au moins quelques nuits, le temps de découvrir le kaléidoscope photosensible de cette fille à facettes, qui transforme les battements de mon cœur en un stroboscope permanent.

*

Un dimanche, mon père me dépose en bas de l'immeuble où j'habite avec ma mère. Je monte les trois étages du HLM à pied, il n'y a pas d'ascenseur. Je prends à gauche et je sonne à la porte. Une dame brune m'ouvre. Elle a un peu la même coiffure que Chantal Goya. Je ne comprends pas qui est cette personne alors je m'excuse, pardon, j'ai dû me tromper d'étage. Et là, ma mère, car il s'agit bien de ma mère, me dit que c'est elle et qu'elle porte une perruque. Elle m'explique qu'elle a voulu se couper les cheveux seule pendant le week-end mais qu'elle s'est loupée et qu'elle n'a presque plus rien sur le crâne. Elle me raconte cela d'un rire nerveux.

Le temps de la repousse, je vais cohabiter avec une femme capable de se scalper sur un coup de tête, une femme qui ressemble à ma mère mais que je ne reconnais pas.

*

Je pourrais pleurer en écoutant *Goodbye Yellow Brick Road* d'Elton John, alors que je trouve que c'est une chanson assez nulle.

*

Il y aura encore des promenades en vélo sous le soleil le long d'un canal, il y aura encore des bières bues en terrasse, il y aura encore des ponts à traverser, il y aura encore des enfants déguisés et des bouteilles décapsulées, il y aura encore des dédicaces à nos deux noms dans des librairies indépendantes, il y aura encore des jolies filles croisées dans la rue, il y aura encore des ateliers d'artistes cachés dans des entrepôts désaffectés, il y aura encore des bières japonaises fabriquées en République tchèque, il y aura encore ces moments dans l'ascenseur où tu me dis que tu me trouves belle, il y aura encore des boucles rythmiques et des synthés, il y aura encore des nuits où je t'entends respirer juste à côté, il y aura encore des matchs de foot regardés sur un tabouret de bar, il y aura encore des palmarès du festival de Cannes scrutés sur un écran d'iPhone, il y aura encore des grasses matinées qui durent, il y aura encore ton sourire sur l'oreiller, il y aura encore des déceptions aux élections, il y aura encore des livres qu'on a envie de lire en même temps, il y aura encore des films avec Jean-Pierre Bacri, il y aura encore des moments importants.

*

Petite fille, je collectionnais les figurines et les vaisseaux de *Starwars*. Aujourd'hui j'ai tout donné à mon fils. Je le regarde jouer avec mon enfance. C'est troublant.

*

Je me réveille. J'ai mal au ventre. Je m'habille en hâte et je sors acheter le journal pour une fois. Les attentats de la veille y sont autopsiés. On parle de plus de cent vingt morts et le bilan risque de s'alourdir dans les jours à venir. J'écoute la radio. Je regarde les informations sur un écran d'ordinateur. Les images tournent en boucle. Toujours les mêmes témoignages, les mêmes interviews, les mêmes analyses. Je suis captivée par la répétition. Je me sens comme un enfant à qui on raconte toujours la même histoire qu'il connaît par cœur et réclame de nouveau. Mille pensées se court-circuitent dans mon cerveau. Je ne trouve plus le bouton pause. J'ai la sensation de revivre le 11 Septembre, un de ces moments hébétés où l'intrusion de la mort en direct fascine et dérange jusqu'à l'obsession.

*

Tu me dis : N'y pense plus. N'en parle plus. Avance. Fais comme moi. Je ne regarde plus derrière moi. Je divorce. J'avance. Fais-moi confiance un peu. Passe à autre chose. Tourne la page. Oublie. Efface. Arrête de douter. Arrête de ressasser. Arrête. Regarde-moi. Tu me crois. Ce n'est plus pareil. Tout a changé. Prends ma main. J'arrête les conneries. Je te promets. Viens. On avance.

*

Je sais bien qu'un jour tout ce que je vis maintenant me semblera lointain et je me rendrai compte que je n'en ai pas assez profité, que c'est passé trop vite et que je le regrette.

*

« Les souvenirs, cette terrible vie qui n'est pas de la vie et qui fait mal. »

Albert Cohen,
Le Livre de ma mère, 1954.

*

Dans quelques heures, tu pourras mettre en vrac dans des cartons les souvenirs des moments ternes, les enthousiasmes feints et les larmes véritables, les soirées sans attrait et les bals sans flonflons. Tu pourras les oublier tes sales défaites de lendemain de fête, tes colères mornes et ses sautes d'humeur, tu pourras faire le vide, bazarder, délester, tu pourras jeter de l'huile sur le feu sans craindre désormais de t'y cramer les mains. Tu pourras garder les instants lumineux et les minutes étincelantes, les élans amoureux et la foudre des chairs, les choses que tu sais d'elle et celles qu'elle sait de toi, tu pourras garder tout ça parce que même si tu le voulais, tu ne l'effacerais pas. Tu n'en mènes pas large, dans ta chemise qui te serre au col, les mains moites et la mine grise, assis sur une chaise, à courte distance de celle avec qui tu as vécu et ne vis plus. Tu es loin d'elle, mais tout est encore si proche, si présent, si prégnant, tu t'en veux du mal que tu lui fais, comme si elle ne t'en avait pas fait elle aussi, oui mais c'est toi qui es parti, alors il va falloir que tu paies, elle voudrait que tu rendes la monnaie maintenant. Tu souffres, mais tu ne le montres pas, elle pleure pour deux déjà, tu voudrais de la dignité mais comment la retrouver dans ce déballage-là, votre vie étalée sur le bureau d'un juge qui n'en a pas grand-chose à faire, il en voit des histoires comme la vôtre, il en voit des gens comme elle et toi. Tu sais bien que tu n'as pas le beau rôle, mais il faut reconnaître que c'est un mauvais film, avec des scènes surjouées et d'autres plus pitoyables, tu connais ton texte, surtout n'oublie pas de sourire à la caméra. Tu te dis que c'est le grand moment, et c'est pour ça que tu as peur, le moment où tout s'arrête comme celui où tout continue, c'est une question de point de vue, mais d'abord il faut s'être dit au revoir, après tout c'est pour ça que vous êtes venus. C'est le moment du grand partage, à défaut de grand pardon, faudrait pas trop en demander non plus. Elle reprendra ses billes et toi les tiennes, tu ne gagneras peut-être pas la partie, mais ce ne sera pas bien différent de quand tu étais petit, au fond tu sais bien que, quand on perd, on peut toujours se refaire. C'est le moment où tout se règle, c'est le moment des coups bas, c'est le moment minable et dégueulasse, ce n'est pas toi, ce n'est pas elle, mais c'est vous deux aujourd'hui qui vous fusillez des yeux comme des ennemis. C'est le moment où vous vous regardez en vous demandant à quel moment vous vous êtes perdus. C'est le moment où cela ne vous regarde plus.

*

« Bye-bye love / Bye-bye happiness / Hello loneliness / I think I'm gonna cry. »

Simon and Garfunkel,
Bye-bye Love, 1970.

*

Elle aime les victoires acquises de haute lutte. Elle a la colère violente et la repartie cinglante. Elle avance sur un chemin qu'elle a fait sien depuis longtemps. Elle affectionne l'indiscrétion et ne sait pas garder un secret. Elle décide de ne pas faire partie d'un clan et en souffre. Elle a toujours préféré la compagnie des adultes. Elle a des amours sincères et d'autres imaginaires. Elle tempête pour un rien, elle hurle, elle pleure, elle se cabre. Elle a le visage d'un ange dont l'ovale parfait me gonfle de fierté. Elle aime être caressée sur la nuque, à la racine de ses cheveux épais. Elle est la meilleure en tout, mais pour elle, tout n'est jamais assez. Elle se persuade souvent qu'elle n'est pas aimée. Elle regarde, comme moi, les écrans le visage tourné vers la gauche. Elle sait, comme moi, qu'être fille n'est pas chose aisée. Elle est mauvaise joueuse et bonne camarade. Elle voue une réelle admiration à sa sœur aînée. Elle rêve de passion, de fougue, de déraison. Elle a le don de tout comprendre et de tout expliquer. Elle est l'adolescente que j'aurais voulu être. Elle est tellement particulière. Et je ne dis pas ça parce que je suis sa mère.

*

Peut-être n'y a-t-il rien d'autre au fond que cela. Cette force-là. Intérieure. Souterraine. Celle qui tient debout, qui rend digne, qui fait grandir. Peut-être qu'on ne sait pas d'où elle vient. Peut-être qu'elle est un mystère au moins autant que nous. Je ne me connais pas. Je ne te connais pas. Mais c'est fort, étrangement, cette idée de nos vies croisées. Cette manière de nous appréhender. Un jour plutôt qu'un autre. Et pourquoi celui-là. Et pourquoi pas celui-là. Peut-être n'y a-t-il rien d'autre au fond que cela. Nous approcher, nous aimer, nous détester, nous ignorer, nous confronter, nous insulter, nous encenser, nous embraser, nous embrasser. Cette force-là. Intérieure. Souterraine. Notre unique mystère.

*

Tu me conseilles d'aller voir le dernier Huppert, « un chef-d'œuvre ».

*

J'imagine parfois qu'un jour de juillet caniculaire, il y aurait plein d'enfants à l'arrière de la voiture, des chansons en allemand dans l'autoradio pour filer manger des moules à la mer, des mollets trempés par les vagues et du vent dans les cerfs-volants, et des baisers légers-légers. Il y aurait aussi des amis avec leurs mômes que l'on retrouve au parc sous le soleil, qui restent pour l'apéro, et tard dans la nuit on pourrait faire cuire des pâtes al dente, rigoler comme des baleines, descendre des bouteilles de blanc, de rouge, de rosé, s'égosiller sur *Girls just wanna have fun* comme quand on avait quatorze ans. Il y aurait des discussions sur les matelas posés par terre où les enfants sont installés tête-bêche et les parents qui font chuuuut et, sur la route du retour, toi qui me chuchotes à l'oreille dans la voiture de location : « Ils dorment. » Je les regarde dans le rétro. Elle est belle cette vie quand elle défile ainsi, tu ne trouves pas ? Oui voilà.

*

Un ami photographe me dit : Un jour peut-être tu devrais poser nue.

Mais moi je sais je sais que je ne peux pas je sais que je n'oserai pas je sais la peau qui n'a plus vingt ans les yeux que je baisserai les joues qui rougiront le malaise qui s'emparera de moi presque une honte presque une honte vraiment presque une torture je sais tout ça je rêverais de caresser mon corps d'un regard moins dur d'une main plus douce d'une tendresse sincère d'une bonté bienveillante et de l'exposer et de le regarder en face pour qu'il ne me gêne plus pour qu'il m'intrigue pour qu'il me plaise pour qu'il me séduise et aller à sa rencontre enfin aller à ma rencontre.

Je lui réponds : Un jour peut-être je poserai nue pour toi.

*

Je me trouve parfois aussi séduisante qu'une aire d'autoroute.

*

Le jour de la mort de Lou Reed, les Hot Chip ont repris *Pale Blue Eyes* dans la grande halle de la Villette. C'était la première fois que je dansais un slow avec toi. Il me semble que ce fut en fait l'unique fois.

*

Je porte du vernis rouge presque tous les jours. Je porte le deuil d'une amie qui ne l'est plus. Je porte le même parfum depuis plus de quinze ans. Je porte du

38 quand tout va bien. Je porte le rose aux joues. Je porte les cheveux longs, mais moins longs qu'avant. Je porte presque toujours des dessous noirs. Je porte des bracelets, mais plus jamais de boucles d'oreilles. Je ne porte plus mes enfants dans les bras. Je porte sur ma peau quelques traces visibles de mes grossesses. Je porte mon âge avec de moins en moins de légèreté. Je porte rarement du jaune et jamais de violet. Je porte beaucoup d'inquiétudes, en essayant de ne pas les montrer. Je porte des collants parce que les bas glissent sur mes cuisses. Je porte mes jambes à ton cou lorsque nous faisons l'amour. Je porte à l'épaule des sacs en tissu dans lesquels je ne retrouve rien. Je porte des lentilles et parfois des lunettes. Je porte des baskets mais je déteste courir. Je porte un maillot deux-pièces à la plage, mais je pense revenir au une-pièce. Je porte les stigmates d'une adolescence en dents de scie. Je porte mes enfants aux nues, mais c'est sans doute normal. Je porte parfois un badge au revers d'une veste. Je porte des escarpins, mais j'ai souvent mal aux pieds. Je porte des souvenirs qui ne me pèsent pas et d'autres qui m'écrasent.

*

Mes filles m'annoncent que leur père a une nouvelle amoureuse. Je suis contente pour lui, pour elle, d'autant que mes enfants semblent l'apprécier. C'est pourquoi j'ai du mal à m'expliquer cette douleur soudaine à l'estomac quand elles me racontent cela.

*

Lorsqu'il m'arrive quelque chose de grave, c'est encore lui que j'appelle en premier.

*

« Je voudrais pouvoir aimer d'autres filles. » Tu me dis cela un jour, alors qu'on boit un verre sur une terrasse près du canal. Tu me dis qu'après réflexion, je ne peux te suffire, que ton désir est trop fort, qu'il y a tant d'autres visages, d'autres bouches, d'autres peaux, d'autres corps et que tu voudrais les connaître, les goûter, les faire tiens, tous et tout le temps. Tu me dis qu'il va falloir revoir notre mode de fonctionnement, que ce serait bien que je m'y mette moi aussi, que j'aille voir ailleurs puisque tu n'y es pas. Tu me dis que je suis *old school*, que je ne suis pas assez *open*, que je manque de *fun*. Tu me dis que tu ne m'appartiens pas et que je ne t'appartiens pas non plus. Que l'amour qu'on se donne sera bien assez fort pour résister à cela et qu'il faut de temps en temps accepter de se mettre en danger, prendre des risques pour entretenir la flamme. Tu me dis que tu ne m'imposes rien mais qu'avec toi ce sera comme ça ou pas. Que si j'acceptais cela, je serais la fille parfaite, celle que tu as toujours attendue et à laquelle je ressemble parfois.

Je repose mon verre. Je regarde les filles tout autour de nous. Elles sont innombrables. Je t'imagine faisant l'amour à chacune d'entre elles. Je vous vois nus devant moi. Et tu me souris lorsqu'elles te happent avec leur bouche. Et elles me sourient lorsque tu les fais jouir avec tes doigts.

Je ne sais pas vraiment quoi penser de tout ça.

*

Sur France Inter, dans l'émission *La vie est un je*, Étienne Daho a fait cette remarque : « Je vide de leur substance les personnes que j'aime. » J'ai peur parfois que tu ne saches pas faire autrement.

*

Elles sont passées les années fastes, les années insouciantes, les années folles. Elles sont passées sans qu'on prenne le temps de les regarder. Elles nous ont escortés un temps et puis se sont fait la malle, en souriant, les garces. Nous avons laissé faire. Nous n'avons rien dit. Nous n'avons rien compris. Nous avons rencontré des personnes, nous avons fabriqué des enfants, nous avons cherché des chemins, parfois nous les avons même trouvés, parfois nous les avons perdus. Impassibles, nous avons laissé filer. Nous pensions que la route était tracée. Mais ce n'est plus comme avant désormais. Nous ne repartons pas de rien. Nous revenons de loin. Il n'y a plus de première fois ou toutes les premières fois ont un air de déjà-vu. On fait encore les cons, on boit encore trop de bières, on danse encore sur les mêmes chansons. On se sent jeunes, on croit même qu'on l'est plus qu'avant. On aime plus fort, parce qu'on ne sait pas ce qu'il y aura après, on aime même mieux, pour peu qu'on ait de la chance. On a le corps qu'on peut, on a le corps qui va avec notre histoire. On sait ce qui peut lui faire du bien, du mal aussi, on fait les deux, on n'a plus rien à perdre. On s'est vus géants, invincibles, la jeunesse en bandoulière, *no future* qu'on disait. Nous étions si jeunes. Nous ne savions rien. Nous ne savions pas ce qui viendrait après et qui a tout changé. Nous n'avons plus vingt ans. Nous faisons le bilan. Nous sommes encore vivants.

*

Dans mon rêve cette nuit, tu étais assis sur un tabouret de bar et tu commençais par poser la main sur la cuisse d'une fille très belle et très tatouée. Moi j'assistais à la scène en remontant les escaliers de la cave où j'étais restée pour danser. J'avais du mal à respirer. Puis le rêve se perdait, je me voyais allumer une cigarette dans la ruelle et marcher sur les pavés, retourner vers l'appartement sans en avoir la clef. Je réalisais alors qu'il me faudrait t'attendre assise dans le hall d'entrée. J'entendais mes talons résonner dans ma tête mais je crois que c'était tout simplement ma voisine qui n'avait pas retiré ses escarpins et qui se trahissait de l'autre côté du mur. Et puis, je ne sais pas comment mon rêve en arrivait là, mais je te voyais soudain dans un lit faire l'amour avec une très jeune femme, une autre, toujours une autre. Ça ne ressemblait à rien, non, à rien de vraiment bien.

*

Il faudrait que j'arrête d'acheter un vêtement à chaque fois que j'ai une contrariété. Mes placards débordent.

*

Lorsque ma grand-mère est morte, je suis allée voir son corps qui reposait dans un funérarium. J'ai fait la route à pied, je voulais marcher pour la rejoindre, il faisait froid, c'était en novembre, je me souviens d'abord de cela. Je suis entrée dans la chambre mortuaire et me suis avancée vers elle. Je ne l'ai pas reconnue dans son cercueil. Son nez était plus pointu, ses mains semblaient décharnées, elle me faisait peur. Paniquée, je me suis brusquement assise par terre pour lui cacher mes larmes.

*

Nous sommes chez un de tes amis. Je le rencontre pour la première fois. Vous ne vous êtes pas vus depuis des années. Nous écoutons de la musique dans son salon. Il est très tard et j'ai trop bu. Sur un titre de Slint, vous vous prenez dans les bras et vous vous mettez à danser. Là, dans le salon en noir et blanc, simplement éclairé par la lumière de vos souvenirs. Je vous regarde danser et vous dire combien vous vous êtes manqué, *ma pute*, et j'ai envie de pleurer soudain, parce que je me sens bien avec vous, parce que vous me prenez dans vos bras et que je vous trouve beaux, tous les deux. J'ai envie de vous aimer. Vous me racontez ce concert auquel vous avez assisté ensemble, mais pas ensemble. Ces morceaux que vous avez joués, les sorties de scène et ce disque qui a bien failli voir le jour et puis non finalement. Ces filles que vous avez rencontrées et que vous aimez encore ou peut-être bien pour toute la vie. Cette vie que vous écrivez parfois, à gros bouillons, d'un jet, bouleversés et vivants, petites pierres ajoutées à l'édifice déjà si grand. Et ces chansons qui vous font chialer, et ces chansons qui vous font bander, la ligne de basse pour horizon.

Le jour s'est levé peu à peu, sur les immeubles d'en face d'abord et puis dans le salon embrumé par la fumée des cigarettes et la moiteur de la cold wave tropicale. Le jour s'est levé comme on lève son verre à l'amour, parce que c'est ainsi que vont le monde, la nuit, le jour, la vie. Le jour s'est levé et nous étions là, tous les trois, il était sept heures déjà et la ville s'éveillait dans des éclats de voix.

*

Nous ne trouvons pas toujours le bon rythme pour nous aimer.

*

Je souffre de jalousie. C'est un mal profond qui se soigne difficilement. Les remèdes ne semblent pas encore au point. Étrangement, je n'en ai pas souffert pendant de très longues années, me moquant même parfois des patients atteints. J'ai été punie. Depuis que je te connais, j'ai contracté la maladie. Elle est pernicieuse. Elle se manifeste lorsqu'on s'y attend le moins, au détour d'un regard appuyé, d'une parole entendue, d'un échange intercepté. Il suffit d'un rien pour être contaminé. Le virus est un venin qui se distille dans les veines et paralyse la capacité de raisonnement. Un être intelligent, une fois touché par les premiers symptômes, devient aussitôt instable, incohérent, excessif. Les crises sont violentes, même s'il semblerait qu'elles s'espacent avec le temps. Mon état s'est stabilisé et le pronostic s'annonce encourageant. Il subsiste néanmoins un fort taux de rechutes. La guérison totale repose sur un traitement simple : éloigner de soi l'objet du tourment et les instruments de sa propagation. Dans les cas les plus lourds, on peut pratiquer une amputation.

*

EXCLUSIVISME (n. m.) : *droit imaginaire que l'on s'octroie de posséder l'amour exclusif de quelqu'un que l'on aime à l'exclusivité de tout autre.*

*

Je te quitte, tu reviens. Tu me quittes, je reviens. Personne n'y comprend rien.

*

Je décide de voir un psychologue. Il m'écoute et me dit : « Vous vous attachez aux personnes qui ne sont pas disponibles pour vous, qui ne vous accordent pas assez d'attention, dont vous n'êtes pas certaine de l'affection, et vous déployez tous les efforts possibles pour y remédier, pour être choisie, pour être élue, pour obtenir l'attention et l'estime que vous ne vous accordez pas à vous-même car vous pensez ne pas en être digne. Vous assimilez cela à l'amour. Et vous avez besoin qu'on vous le témoigne chaque jour. Alors vous déployez à nouveau tous les efforts possibles pour obtenir ces marques, ces preuves, quitte à en rendre malheureux l'autre et vous-même. Vous faites de cette quête l'essence même de ce que vous êtes, une petite fille qui a souffert de grandir toute seule dans le corps d'une femme qui veut faire croire qu'elle ne dépend de personne. »

Je crois qu'il a raison et ça fait chier.

*

« Il n'y a pas de vacances à l'amour, dit-il, ça n'existe pas. L'amour, il faut le vivre complètement avec ton ennui et tout, il n'y a pas de vacances possibles à ça. »

Marguerite Duras,
Les Petits Chevaux de Tarquinia, 1953.

*

Je suis une mauvaise fille. Je suis une fille qui a abandonné sa mère. Je suis une fille qui n'a pas su comprendre la maladie, la dépression, l'alcool, la déchéance physique et intellectuelle. Je suis une fille qui a grandi seule avec sa mère, à dormir parfois avec elle, à connaître des hommes différents trop souvent, à être trimballée dans des soirées d'adultes, à m'endormir et me réveiller dans des canapés inconnus et la fumée de cigarette, à la ramasser quand elle s'écroulait, à la border dans son lit, à la regarder peu à peu devenir l'ombre d'elle-même. Je suis une fille à qui sa mère peut dire « je t'aime » et dans la minute qui suit « tu es une salope ». Je suis une fille qui n'a plus de tendresse pour sa mère. Je suis une fille qui a voulu la quitter sans jamais y parvenir. Je suis une fille qui ne sait pas faire avec ça.

Pourtant je sais qu'elle n'a pas toujours été ce qu'elle est devenue. Qu'il y a des moments où nous avons été heureuses, elle et moi. Je sais que je la trouvais belle, la plus belle de toutes. Je sais comme je l'observais en espérant hériter de son élégance. Je sais qu'à ce moment-là je l'aimais. Je sais qu'elle me disait qu'elle m'aimait. Même si elle ne me lisait pas d'histoires, ne me disait pas d'aller me coucher, ne surveillait pas mes devoirs, ne jouait pas avec moi, oubliait de vérifier si j'avais pris un petit déjeuner, fumait tout le temps en ma présence, ne faisait pas gaffe à l'argent qui filait, me laissait regarder des films que je n'avais pas l'âge de regarder, ne me demandait jamais rien sur moi. J'étais dans ma chambre, elle était de l'autre côté. Côte à côte, mais séparées.

Par moments, je rêve qu'elle est morte. Et quand je me réveille, je crois que c'est vrai et je me sens soulagée. Pour elle, pour moi, et pour ne plus ressentir cette douleur de ne jamais plus nous rencontrer. Mais je ne suis soulagée qu'un court instant et je me déteste d'avoir eu cette pensée, car au fond de moi je sais.

Je sais que je ne l'aurai pas aimée comme elle le méritait. Je sais que je ne l'aurai pas laissée m'aimer comme elle le voulait. Je suis cette mauvaise fille qui ne l'aura pas assez aimée.

*

« Si maman si / Maman si tu voyais ma vie / Je pleure comme je ris / Si maman si / Mais mon avenir reste gris et mon cœur aussi. »

France Gall, *Si maman si*, 1977.

*

La dernière fois que j'ai fait l'amour, j'ai caressé ta peau jusqu'à, au moins, cinq heures du matin. La dernière fois que j'ai voulu mettre des collants, ils étaient filés et j'ai dû les jeter. La dernière fois que j'ai pris une bonne résolution, je ne l'ai pas tenue. La dernière fois que j'ai eu ma mère au téléphone, elle a menacé de ne plus jamais m'appeler et j'ai souhaité qu'elle s'y tienne. La dernière fois que j'ai pleuré, j'étais assise dans ma cuisine. La dernière fois que j'ai trop bu, je n'ai pas pu aller au bout de la fête que j'organisais pour mes quarante ans. La dernière fois que j'ai lu un roman, il était écrit par une femme. La dernière fois que j'ai porté un masque, j'ai embrassé une fille. La dernière fois que j'ai porté un bonnet, j'ai embrassé un garçon. La dernière fois que j'ai voulu aller au cinéma, le film que je voulais voir ne passait pas. La dernière fois que j'ai disputé mon fils, j'ai regretté comme à chaque fois de l'avoir fait. La dernière fois que j'ai bu du rhum, je me suis promis que ce serait vraiment la dernière fois. La dernière fois que j'ai souffert, c'est lorsque j'ai lu les mots que tu adressais à une autre que moi et qu'ils étaient identiques à ceux que tu m'adresses. La dernière fois que j'ai eu peur, c'est lorsque j'ai compris ce qui était en train de nous arriver.

*

MÉLANCOLLECTION (n. f.) : *ensemble de données tangibles qui, accumulées, constituent le terreau fécond d'une tristesse ressentie de manière régulière et douloureuse.*

*

Tu considères que le problème entre nous se mesure ainsi : là où tu vois le verre à moitié plein, je le vois toujours à moitié vide.

*

Tu me dis : Je ne suis pas celui qu'il te faut. / Je traverse une phase un peu compliquée. / Je suis lâche. / Je ne sais plus où j'en suis. / Je t'aime trop pour te faire du mal. / Je ne suis pas vraiment libre. / Je ne sais pas aimer. / Je ne te mérite pas. / Un autre t'aimera mieux que moi. / Ça ne peut pas durer. / Tu es trop bien pour moi. / Tu n'es pas assez bien pour moi. / Tu vas vite rencontrer quelqu'un, je ne m'inquiète pas pour toi. / Je t'aime mais ça me fait peur. / Je n'ai pas la carrure, je n'ai pas les épaules. / Je ne tiens pas la route. / Je suis un salaud. / Je suis un pauvre type. / Je ne te rendrai pas heureuse. / Je manque de courage. / J'aime une autre femme. / On ne s'est pas rencontrés au bon moment. / J'ai déjà quelqu'un dans ma vie. / On peut toujours rester amis. / Je ne suis pas à la hauteur. / Je ne veux pas te rendre malheureuse. / J'ai peur de m'engager. / Je ne veux pas te faire rater ta vie. / Je préfère rester seul. / Je suis invivable. / Je suis trop vieux pour toi.

/ Je suis trop jeune pour toi. / Tu vas te lasser de moi. / J'ai besoin de temps. / Je ne veux pas que tu m'attendes. / Notre histoire est trop compliquée. / Je préfère que tu gardes ta liberté. / Je sais ce que tu penses de moi. / Je n'y arriverai pas. / C'est impossible nous deux. / Tu finiras par me quitter, je préfère prendre les devants.

*

« Écoute, Daniel, dit-elle doucement, pourquoi vivre un malentendu alors que nous pouvons vivre une tragédie ? »

Steve Tesich, *Price*, 1982.

*

Quand tu me quitteras, je me mettrai au lit à 19 heures. Il ne fera pas nuit. Je fermerai les volets pour qu'il fasse noir. Je m'enroulerai dans la couette. J'enfoncerai ma tête dans l'oreiller. Je crierai sans doute, personne ne m'entendra. Je serai seule. Les enfants seront chez leur père. Je pourrai même crier plus fort. Ça ne fera chier personne, je n'ai pas de voisins. Je mordrai l'oreiller. Tout sera plein de bave. Alors je chialerai, je chialerai tout ce que je peux. Je foutrai du rimmel partout. Je me trouverai conne.

Je me ferai honte. Alors je chialerai encore plus. Je me descendrai des flacons de fleurs de Bach. Je reniflerai. Je ne ressemblerai à rien. Je gémirai. Je ne pourrai même pas me toucher. Ma peau ne me semblera plus être la mienne. Mon corps me deviendra étranger. Je n'entendrai plus que mon cœur qui râle. Ce chagrin c'est tout ce qu'il me restera. Avec ce mal au ventre qui me provoquera des crampes à avoir envie de vomir ton visage. Je ne saurai pas si j'ai réellement envie que ça passe, que ça foute le camp. Je voudrai dormir. Évidemment, je ne dormirai pas. Je regarderai défiler les heures sur le cadran du radio-réveil. J'attendrai. Je sentirai ce poids. Ce poids de l'histoire qui passe et qui meurt. Ce sera lent. Je serai patiente. Ça prend du temps ces choses-là.

*

Lors d'une séance d'hypnose, la thérapeute me dit : « Il serait bien que vous parveniez à vous prendre dans vos bras et à vous bercer un peu. »

Je la regarde sans comprendre.

*

« Drame : Le sujet amoureux ne peut écrire lui-même son roman d'amour. Seule une forme très archaïque pourrait recueillir l'événement qu'il déclame sans pouvoir le raconter. »

Roland Barthes,
Fragments d'un discours amoureux, 1977.

*

J'espère ce qui ne s'espère pas. J'espère une attente fébrile sur un quai de gare. J'espère parcourir les jardins de la villa Médicis un matin de mai. J'espère quelques jours, quelques mois, quelques années, un supplément de vie avec toi. J'espère l'odeur de ta peau sur un pull enfilé. J'espère mes jambes nues parcourues par ta main lors d'un festival d'été. J'espère ta silhouette à chaque coin de rue. J'espère aller revoir avec toi un film de Truffaut dans un cinéma de quartier. J'espère entrer dans une pièce et te trouver là. J'espère des jouissances qui reviendraient nous ébahir. J'espère un bain de nuit sur une plage corse où tu m'aurais emmenée. J'espère une cigarette piquée dans ton paquet. J'espère du temps perdu et du temps retrouvé. J'espère faire la paix avec mes souvenirs de toi. J'espère ne jamais désespérer de moi.

*

Un matin ou un soir peut-être bien, mais qu'est-ce que ça change, au fond pas grand-chose, un jour donc, tu m'as quittée. Tu commençais à trouver le temps long, à avoir la sensation qu'il ne se passait plus rien et que tu t'ennuyais avec moi, pas vraiment mais juste assez pour songer qu'il fallait me quitter. Tu ne me l'as même pas annoncé clairement, à aucun moment. Tu m'as demandé de partir de cet appartement dont tu m'avais donné les clés. J'ai plié bagage, j'ai repris ma brosse à dents et les livres que je t'avais prêtés, j'ai forcément oublié des trucs, c'est obligé. Mais tu t'en fiches pas mal de ce que j'ai pu laisser, tu te sens libre, et comme c'est bon cette liberté toute crue, tu te sens libre et vite tu passes à autre chose. Tu vis, tu sors, tu picoles, tu rencontres des filles. C'est tellement simple, toutes ces filles sublimes qui semblent n'attendre que toi. Ça pourrait être une vraie fête cette vie tu te dis, une vraie fête.

*

« Tu sais, je suis heureuse si tu es heureuse. »

Ma fille, à treize ans.

*

Dans un premier temps, réaliser que je ne possède même pas une photographie de nous. J'ai beau chercher, me creuser la tête, je n'en ai pas, non. Il y a bien ces clichés dans mon téléphone qui n'ont jamais été développés, ni regardés véritablement, mais rien de tangible à me mettre sous les yeux. Aucun souvenir sur papier glacé, aucune trace impressionnée de ce qui fut. Dans un deuxième temps, réaliser que je ne possède même pas une lettre, une vraie lettre écrite à la main avec de vrais mots dedans, une lettre qui se chiffonne et s'efface avec le temps, une lettre que j'aurais relue parfois, attendrie, même pas un bout de papier, une liste de courses, un mot déposé sur un post-it, je n'en ai pas, non. À la place, des tonnes de mails signés sous un pseudo, des tonnes de mails archivés, remplis de mots que j'ai oubliés et que je n'irai pas rechercher dans la mémoire de mon ordinateur, ce serait trop fastidieux et ça sonnerait tellement creux maintenant. Dans un troisième temps, réaliser que je n'ai même pas une marque de ta présence chez moi. Aucun objet t'appartenant, aucun vêtement, aucun signe extérieur prouvant que tu aurais été là, rien de tout cela, non. Il n'y a que mes meubles, mes disques et mes livres, pas de tronc commun, pas de partage des tâches, pas d'échange véritable, pas de souffle, juste du vent. Dans un dernier temps, se demander si toute cette histoire a réellement existé, si je n'étais pas seule depuis le départ, si l'homme avec qui j'ai envisagé de partager un bout de vie n'était pas qu'un simple fantôme, le spectre d'un amour auquel on m'a fait croire. Se demander parfois de quelle autre fille tu hantes les rêves à présent, l'envier un instant, un court instant, mais espérer que les miens seront bientôt soulagés de ton souvenir. Puis éteindre la lumière.

*

« Lui ne le voulant pas, elle ne le voulant pas, ils se quittèrent. »

Voix-off dans *L'Ombre des femmes*
de Philippe Garrel, 2015.

*

Alors que je me plains un matin d'avoir mal au dos et le visage tout fripé, ma fille me dit : « T'inquiète maman, bientôt la ménopause ! »

*

Je me souviens d'une amie de ma mère qui se prénommait Sylvie. Elle avait de très longs cheveux et était extrêmement séduisante. J'ai longtemps soupçonné ma mère d'avoir eu une aventure avec elle, mais je n'ai jamais osé lui poser la question. Je me souviens de certains ouvrages traitant de la sexualité féminine et de la cause lesbienne dans sa bibliothèque. Ces livres étaient placés en évidence, je pouvais les feuilleter si je le souhaitais. Je ne l'ai pourtant jamais fait. J'aurais sans doute dû lui parler de tout cela, j'aurais dû aller vers elle plus souvent. J'aimerais qu'il ne soit pas trop tard pour comprendre qui elle est.

*

Nous nous séparons le jour où est enfin prononcé ton divorce. La vie a parfois un sens de l'humour un peu particulier.

*

Retiens mes pommettes que tu aimais tant. Retiens le rouge sur mes joues. Retiens mon sale caractère et mes colères tempétueuses. Retiens mes mains qui serraient fort les tiennes. Retiens la manière que j'avais de te considérer, la valeur de cela, mesure-la. Retiens mon sourire, surtout ne l'oublie jamais. Retiens nos étreintes et laisse-les brûler la rétine de ta mémoire. Retiens nos acharnements, nos entêtements, nos conflits. Retiens le dessin de mon corps qui se collait au tien et les mouvements de nos bassins. Retiens ce que je fus pour toi, ces années, ces mois, ces heures, leur souffle. Retiens-moi encore, longtemps, n'efface rien. Retiens tout. Retiens-moi.

*

Et puis il y a tous ces moments où je me dis c'est ma faute, c'est moi, j'ai merdé, je n'ai pas su, je n'ai pas compris, je n'ai pas été à la hauteur, c'est moi, parce que tout ce que je fais ça rate, parce que j'aime trop, trop fort, parce que je n'ai pas su dire non, pas su dire avant, pas su dire là je ne peux plus, là tu me fais du mal, là il faudrait que ça change, parce que je me disais que ça changerait tout seul, que tout allait finir par être beau tout le temps et que cela allait ressembler à quelque chose, parce qu'il y avait quelque chose que je n'avais jamais connu avant, parce qu'il y avait tout ce que j'étais prête à faire, que je m'apprêtais à faire et là, j'ai juste envie de penser que j'ai bien fait de ne pas le faire, et puis il y a tous ces moments où je me dis c'est ta faute, c'est toi qui as merdé, toi qui n'as pas su, toi qui n'as pas compris, toi qui n'as pas été à la hauteur, parce que tu fais n'importe quoi, parce que tu aimes te faire du mal, parce que tu vas mal tout le temps, parce que tu as envie d'une brune quand tu es avec une blonde et d'une blonde quand tu es avec une brune, parce que je n'aurais jamais suffi, parce que tu as envie d'ailleurs et moi envie d'ici, parce qu'on ne pouvait pas trouver le bon endroit sur le bon chemin dans la bonne vie, parce que je le savais bien tout au fond qu'il y avait un mur devant, mais je ne voulais pas le voir, non, je ne voulais pas le regarder, je voulais penser qu'on allait se faire la courte et puis sauter par-dessus, dans un élan, mais on a sauté et on s'est cassé la gueule, on s'est blessés en tombant, on s'est bien ramassés, c'est peut-être pas si grave, c'est peut-être pas si méchant, mais c'est plus fort que moi, ça me fait mal de ne pas avoir réussi, de me dire que le mur je ne le passerai pas avec toi, ça me fait de la peine tout ce qui est arrivé, ça me fait de la peine que tu ne m'aimes plus et ça me fait de la peine de ne plus t'aimer et toute cette peine, tu vois, je ne sais pas comment faire pour m'en débarrasser.

*

« Non, ne dis rien mon amour / Reviens juste au matin t'immiscer félin sous les draps chauds de mon corps / Qui cherchera ta main / Dehors il fera mauve et ces éléphants roses reprendront leur chemin. »

Benjamin Biolay,
15 septembre, 2009.

*

Je suis l'unique preuve que mes parents aient été ensemble.

*

Nous nous habituons à tout. Nous nous habituons aux militaires qui patrouillent dans les rues. Nous nous habituons aux images bombardées non-stop par les chaînes d'information en continu. Nous nous habituons aux remarques sexistes que nous entendons dans les transports en commun. Nous nous habituons aux pesticides que contiennent les aliments surconditionnés. Nous nous habituons aux politiques de casse sociale et aux mouvements de grève qu'elles font naître. Nous nous habituons à l'augmentation du prix du paquet de cigarettes. Nous nous habituons à nous faire arracher notre sac en pleine rue. Nous nous habituons aux embouteillages sur le périphérique.

Mais nous ne nous habituons pas à la solitude.

*

Je m'inquiète : mes enfants grandissent beaucoup trop vite.

*

INDÉCROISSANCE (n. f.) : *aptitude physio-sociologique des enfants à prendre de l'âge bien plus vite que leurs parents et à s'éloigner d'eux alors que ceux-ci ne sont pas du tout préparés à leur départ.*

Exemple : Mon fils fait une violente poussée d'indécroissance : si ça continue, il sera adulte avant moi.

*

Dans la nuit, au casque, j'ai écouté des préludes de Chopin, étendue sur mon lit. J'ai laissé les notes glisser sur mon corps nu. Je m'étais dévêtue de mes vêtements comme de mes souvenirs de toi. Je les avais posés sur le parquet comme on se déleste d'une peau ancienne. Je les avais posés et ils formaient un petit tas, une boule de tissus épars. Je ne sais pas aujourd'hui ce qu'il me reste de toi. Je crois parfois me rappeler les baisers, mais peut-être que je me trompe, peut-être que ce ne sont que des fantômes de baisers. J'emplis ton vide de musique, j'emplis ton désert d'images, j'emplis ton absence de silence. Ce qui s'égrène encore, piano piano, c'est la douce idée de t'avoir aimé et le sourire que tu as laissé en otage sur mes lèvres. Ce sourire, la mémoire ne le libère pas.

*

Finalement, je suis allée voir le Huppert. Tu avais raison, j'ai trouvé cette histoire magnifique – mais je garde ça pour moi.

*

Un soir de juillet, sans crier gare, elle est retrouvée morte. Je m'y attendais sans m'y attendre, je l'avais imaginé sans l'avoir prévu.

Il faisait chaud ce jour-là, c'était son anniversaire et elle ne nous répondait pas. Son répondeur saturé ne délivrait même plus de message d'accueil. Il n'y avait qu'un bip qui sonnait dans le vide.

On m'annonce qu'il ne sera pas possible de voir son corps. Son visage de toute manière ne lui ressemble plus. Je contemple le manque, un trou sans fond et j'ai le vertige. C'est comme si on m'arrachait les membres, un à un.

J'aurais aimé pouvoir dire au revoir à ma mère. Les mots restent posés là, en travers de ma gorge.

*

Aujourd'hui j'ai réalisé que l'histoire était vraiment finie. Je me suis sentie triste. La journée était indécise. J'allais au ralenti. *C'est ça l'amour, on dit qu'il court toujours*. Moi, je ne sais pas courir. Même si je pars au quart de tour. J'ai toujours peur du coup de frein. J'ai envie d'une vidéo de nous en cinémascope. Un quai de gare, un bar, la nuit, à Paris. Les jambes nues des filles. Les regards des hommes. Une déambulation. Une étreinte. Tu t'échappes, tu ne te retournes pas. Fin du roman de gare.

Aujourd'hui j'ai retrouvé cette chanson. Je m'en souvenais très bien. Je me souvenais de ce clip empli d'enseignes et de néons lumineux. Je me souvenais de la voix de Jean-François Coen qui chantait « 24 images très floues par seconde d'amour fou ». 24 images, c'est déjà beaucoup.

*

Un soir, à table, mon fils déclare : « J'ai envie de voir tous les films de Mathieu Amalric. »

Les chiens ne font pas des chats.

*

Nous apprenons à faire avec le temps qui passe, le temps qui colmate, le temps qui guérit. Nous lui sommes reconnaissants de faire durer les heures, les minutes et les secondes, interminables, de nos chagrins. La douleur peut bien nous clouer au sol et nous mettre à genoux, le temps fait son travail. C'est un bon petit soldat. Il parfait l'érosion des peines, il encense les vertus de l'attente. Bien sûr, il nous arrive de le maudire, de lui en vouloir de ne pas s'écouler plus vite, de ne pas nous téléporter ailleurs, à toute berzingue vers une nouvelle histoire et des bras inédits. Nous aimerions bien qu'il se bouge le cul, le temps, qu'il accélère la machine, qu'il change le décor, les costumes et les acteurs, qu'il réagence la pièce, qu'il remixe la bande-son, qu'il redistribue les rôles. Nous lui faisons la gueule, au temps, souvent. Mais il ne nous en veut jamais. Il ne nous laisse pas tomber, en tout cas pas tout de suite, pas sans avoir essayé, pas sans avoir réparé. Le temps est un amant généreux, de ceux qui s'attardent après l'amour et continuent à caresser la peau jusqu'au matin suivant.

*

« J'ai toujours pensé que les gens heureux étaient forcément cons. »

Réplique du héros de *Oslo, 31 août*, de Joachim Trier, 2011.

*

Si je le pouvais, je rembobinerais le film, je retournerais au début, je ferais parfois les choses autrement, mais parfois aussi je ferais pareil, parce que je n'ai pas tout le temps merdé, j'ai aussi fait les choses bien, j'ai essayé. Je voudrais qu'on prenne un moment pour se parler, pour se parler vraiment, parce qu'on ne se parle pas assez, parce qu'on ne se dit rien de ce qui compte et qui nous porte loin. Je voudrais partir le matin et te souhaiter une bonne journée et tu répondrais que tu m'aimes et que tu penseras à moi et qu'on se reverra ce soir, je te dirais que j'achèterai une baguette, que tu pourrais rapporter une bouteille de vin et on partirait travailler, comme tous les jours, sans grand bouleversement, je monterais en voiture ou bien j'irais à pied et toi tu prendrais ton vélo pour rejoindre la gare. Et puis j'arriverais au bureau, je parlerais à mes collègues, je les écouterais plutôt, moi je n'ai pas très envie de leur parler, je ne mêle jamais le travail et l'amitié, du moins c'cst rarc, jc n'aimc pas ça, jc préfère cloisonner, et puis dans mon métier tout le monde se tutoie mais personne ne se connaît, c'est une habitude que chacun observe sans savoir pourquoi, on se dit tu et puis voilà. Je parlerais à mes élèves, avec eux j'aime discuter, j'ai toujours eu ce truc-là avec les adolescents, peut-être parce que je me sens proche d'eux, peut-être parce que je ne veux pas vieillir, peut-être parce que j'ai dix-sept ans dans ma tête, même si plus dans mon corps, mais j'ai dix-sept ans, laissez-moi rêver que j'ai dix-sept ans, au moins encore un peu. Je n'irais pas à la cantine, je n'aime pas manger en mode collectif, je suis un peu snob ça je l'ai déjà dit, ou asociale, ou solitaire, je préfère éviter les discussions autour des plats cuisinés et des yaourts nature sucrés, je préfère éviter, je mangerais seule sans que cela me dérange, je mangerais ma salade ou ma soupe de légumes, parce que évidemment je serais au régime, même si cela t'énerve, je m'efforce à la contrainte, c'est mon côté femme qui souffre pour être belle, enfin qui essaie, enfin je me comprends. La journée passerait lentement, et je ferais ce que j'ai à faire, je remplirais mes fonctions, j'accomplirais mes tâches, je serais présente aux réunions, je donnerais mon avis, on me consulterait, je me dirais alors que peut-être ce que je fais a un sens, même s'il n'apparaît pas de manière évidente, même si je le cherche encore, après tout le temps à tenir ce rôle-là, je ne sais toujours pas s'il me va. Je saurais alors qu'il est l'heure de partir et de rentrer chez moi, je n'irais plus chercher mes mômes à l'école, ils sont trop grands maintenant, pourtant comme je l'aimais cette époque où je les attendais devant la grille et qu'ils me sautaient dans les bras en criant maman, je ne savais pas que cela ne durerait pas toujours, enfin je le savais mais je ne le mesurais pas, je ne mesurais rien, que cela allait filer, qu'ils allaient grandir et que leurs petites mains leurs petits regards leurs petits cœurs, tout cela allait m'échapper peu à peu, tout cela allait leur appartenir parce qu'ils ne m'appartiennent pas, non ils ne sont pas à moi, même si je les ai portés et si je leur ai tenu la main et si j'ai lavé leur corps et si je leur ai lu des histoires et si je leur ai chanté des chansons et si j'ai essuyé leurs larmes et écouté leurs gros chagrins, c'est fini cette époque-là, c'est fini et ça me manque parfois, même si j'aime qu'ils grandissent et qu'ils fassent leur vie et qu'ils trouvent leur chemin, celui qui les éloigne de moi et les conduit vers eux-mêmes, je voudrais qu'ils soient encore dans mon ventre parfois et sentir leurs coups de pied contre mes parois et leur vie qui se cache dans la mienne, oh oui je voudrais encore. Donc je rentrerais chez moi, je relèverais le courrier, une facture, le mot d'une amie, un colis, je rangerais quelques bricoles, je suis si désordonnée, je pourrais bien mettre en route une machine et plier du linge que je ne repasserais pas, ouvrir le réfrigérateur, me demander de quoi l'on va bien pouvoir dîner et chercher des idées, me connecter sur les réseaux et regarder des sites de fringues en me disant que je n'ai plus rien à me mettre, je pourrais mettre de la musique, choisir un vinyle ou allumer France Culture et écouter une émission qui me donnerait envie, au choix, de lire un livre, d'écouter un disque, d'aller voir un film ou de voter pour quelqu'un, on peut toujours rêver, peut-être que cela pourrait encore arriver, et je me ferais couler un bain, tant que je suis encore seule dans la maison, je me ferais couler un bain brûlant dans lequel je me glisserais en lisant un bouquin, j'adore lire dans le bain, et je pourrais peut-être avancer de deux ou trois chapitres, avec de la chance le terminer, j'aime terminer un livre et en commencer un autre, même si la pile des livres à lire ne baisse jamais, et que cela me tue de ne jamais en avoir terminé, on n'en finit jamais de tout ce à quoi on ne peut renoncer. Peut-être que ce serait une semaine où les enfants sont chez leur père et où j'aurais encore quelques heures avant que tu ne rentres, alors on s'écrirait quelques messages pour se dire des conneries, c'est ce qu'on fait le mieux, et on se donnerait rendez-vous plus tard, à la maison ou en ville, à une terrasse de bistrot, pour aller boire un verre et puis voir des gens, peut-être qu'on irait dîner dehors finalement, puis au cinéma ou à un concert, à l'improviste, et on serait heureux de cette soirée tous les deux. Tu me dirais que j'ai bien fait de mettre ces pompes et que tu me trouves jolie dans ce pull et que cette jupe en cuir me va toujours aussi bien, je te dirais que j'aime ton tee-shirt et que tu devrais tailler ta barbe, tu me demanderais de le faire et je le ferais le lendemain si on avait le temps, on verrait bien. On rentrerait à la maison, la nuit serait tombée pour de bon, on reprendrait un verre en écoutant un disque dans le noir, toutes ces soirées où on écoute de la musique dans le noir et où les heures filent en un instant, comme c'est bon, comme c'est bon de vivre cela. On irait se coucher vers deux heures du matin, on irait faire l'amour dans nos draps pleins de nos odeurs mélangées, on irait faire l'amour comme si c'était la dernière fois, on ne sait jamais, on s'est déjà cassé les dents sur nos rêves d'éternité, alors on prendrait le temps de s'aimer comme des survivants, comme des amoureux en sursis, comme des combattants qui n'ont plus rien à perdre, s'aimer comme on le rêverait si on pouvait tout se permettre, et on se permettrait tout et je repenserais à ces mots, *tu me tues tu me fais du bien*, et c'est exactement cela que l'on ferait, se tuer pour mieux s'aimer, parce que la vie n'est pas finie, parce qu'on n'en est pas encore là, parce que soudain je réalise que nous n'en sommes qu'à la moitié, avec tout ce qui a été et tout ce qu'il reste, tout ce qu'il reste à vivre, nous n'en sommes qu'à la moitié, oui, rien n'est fini, j'ai toujours peur de mourir, et de plus en plus, j'ai toujours peur, mais je ne veux plus avoir peur, je ne veux rêver qu'à demain.

*

Plusieurs mois après sa disparition, et alors que je ne décrochais même plus lorsqu'elle m'appelait, je ne suis toujours pas parvenue à effacer le numéro de ma mère de mon répertoire téléphonique.

*

Il arrive qu'on reprenne l'amour comme on l'avait donné, en une fraction de seconde.

*

« J'en ai marre / J'étouffe / Quel gâchis / C'est fini. »

Marie Davidson, *Adieu au dancefloor*, 2016.

*

Au bout du compte, je ne sais pas ce que je garderai de ces histoires. Je ne sais pas si je parviendrai à préserver dans ma mémoire ce qui les a rendues belles, chaudes, tendres, folles, douces, insensées, musicales, incandescentes, sublimes, intensément intenses. Je ne sais pas si j'entendrai toujours leur mélodie, si je respirerai encore leur parfum, si je ressentirai à nouveau les émotions qu'elles ont fait naître. Je ne sais pas si leur souvenir me prendra dans ses bras ou s'il me coupera les jambes. Je ne sais pas ce qu'il adviendra de ce qui a été et de ce qui ne sera plus. Mais je sais que leur trace s'abîme un peu plus chaque jour, des strates successives les enterrent de plus en plus profondément. Les histoires s'enlisent en même temps que moi. Il serait temps de passer à autre chose.

*

Je n'ai pas toujours l'impression d'être la femme que j'aimerais que mes filles deviennent.

*

C'est donc ainsi que ça se passe. Je t'aime. Je ne t'aime plus. Je t'aime moins, plus assez, plus vraiment. J'ai bifurqué, pris une autre route, me suis égaré, me suis retrouvé. Je pars. Tu pars aussi. J'imagine, j'envisage, je me demande si. Je me trompe, je suis sûre de moi, tu n'es sûr de rien, tu es sur le point de. On s'en veut. On se pardonne. On retire nos billes. On partage les frais. On mise ailleurs. On a le courage qu'on peut. On sait juste que c'est comme ça, maintenant et pas autrement. Et tant pis pour le reste, on n'a jamais dit que ce serait facile.

Peut-être que nous deviendrons tous deux des amoureux de seconde main. Mais ce dont nous sommes sûrs, c'est que l'amour ne nous aura pas à l'usure.

*

Il y a des moments – rares – où je prends conscience que je suis vivante et que je respire encore.

Je souris parfois lorsqu'on me regarde.

Rien n'est perdu.

*

« Elle en était arrivée à penser que la seule chose digne d'être racontée, c'est ce que l'on ressent. L'intelligence était bête. On devait simplement dire ce que l'on ressent. »

Virginia Woolf, *Mrs Dalloway*, 1925.

*

Aujourd'hui j'ai fait les boutiques, j'ai acheté de nouveaux vêtements, un nouveau vernis, de nouvelles chaussures. Il faisait beau dans les rues et l'eau du canal était claire. J'ai bu un verre avec le père de mes enfants et nous avons ri. Cela nous arrive désormais. Je suis allée voir seule un film où Juliette Binoche semblait vivre les mêmes choses que moi. À la fin Gérard Depardieu lui recommandait de « surtout rester *open* ». Le soir, ma fille m'a parlé de son amoureux. J'ai écouté un album que tu m'avais offert sans que cela me rende triste. J'ai eu envie d'être heureuse.

*

Et de garder au fond de moi l'assurance qu'un jour les regrets peuvent devenir de doux souvenirs.

*

La photographie est prise au fond du jardin de mes grands-parents maternels. À l'arrière-plan, on aperçoit la rivière et un de mes oncles dans l'ombre. J'avais oublié sa présence. Au centre, ma mère me tient dans ses bras. Son visage est tourné vers moi, elle ne regarde pas l'appareil. Elle plisse les yeux en raison du soleil. Elle porte les cheveux très longs, en queue-de-cheval. Sa tunique et son gilet sont de couleur rouille, assortis à sa chevelure rousse. Ma mère ferait une parfaite allégorie de l'automne. Dans ses bras, je fais face à l'objectif. Je dois avoir un an. J'ai de bonnes joues, un poncho en laine avec une capuche et une salopette à rayures. À droite, mon père adresse un franc sourire au photographe. Ses cheveux bruns et bouclés lui arrivent aux épaules. Il est très grand. Il porte une veste de laine écrue et une chemise à carreaux, dans les mêmes teintes que les vêtements de ma mère. On peut dire qu'ils sont assortis. Ils sont beaux et ont l'air de s'aimer. Mon père tient ses mains sur ses hanches. Son côté gauche sort du cadre de l'image, comme s'il allait partir.

BANDE ORIGINALE

Remerciements, par ordre d'apparition, à Portishead, *Glory Box*, sample d'Isaac Hayes de 1971, album *Dummy*, 1995, © Go ! Beat. – Dominique A, *Le Courage des oiseaux*, auteur-compositeur Dominique A, album *Sur nos forces motrices*, 2007, © Wagram Music / Cinq 7. – Michel Cloup Duo, *Nous vieillirons ensemble*, auteur-compositeur Michel Cloup, album *Minuit dans tes bras*, 2014, © MCD. – Cat Stevens, *Sad Lisa*, auteur-compositeur Cat Stevens, album *Tea for the Tillerman*, © Island, 1970. – Alain Bashung, *La nuit je mens*, auteurs Jean Fauque et Alain Bashung, compositeurs Alain Bashung, Édith Fambuena et Jean-Louis Piérot, album *Fantaisie militaire*, 1998, © Barclay. – Alain Souchon, *J'ai perdu tout c'que j'aimais*, auteur Alain Souchon, compositeur Laurent Voulzy, album *Jamais content*, 1977, © RCA. – Mylène Farmer, *Maman a tort*, auteur Jérôme Dahan, compositeurs Laurent Boutonnat et Jérôme Dahan, 1984, album *Cendres de lune*, 1986, © RCA / BMG Music. – Georges Brassens, *La Non-demande en mariage*, auteur-compositeur Georges Brassens, album *Supplique pour être enterré à la plage de Sète*, 1966, © Philips. – The Cure, *Boys don't cry*, auteurs-compositeurs Michael Dempsey, Robert Smith, Lol Tolhurst, album *Boys don't cry*, 1979, © Fiction Records. – Chagrin d'amour, *Chacun fait (c'qui lui plaît)*, auteurs-compositeurs Philippe Timbert et Gérard Presgurvic, album *Chagrin d'amour*, 1981 © Musiques & Solutions. – Alex Beaupain, *Grands soirs*, auteur-compositeur Alex Beaupain, album *Après moi le déluge*, 2013, © Capitol Music France. – Alain Chamfort, *Souris puisque c'est grave*, auteur Jacques Duvall, compositeurs Alain Chamfort et Marc Moulin, album *Trouble*, 1990, © CBS Records. – Claude Nougaro, *Tu verras*, auteur Claude Nougaro, compositeur Chico Buarque, album *Tu verras*, 1978, © Barclay. – William Sheller, *Le Carnet à spirale*, auteur-compositeur William Sheller, album *Dans un vieux rock'n'roll*, 1976, © Philips / Universal Music. – Leonard Cohen, *I'm your man*, auteur-compositeur Leonard Cohen, album *I'm your man*, 1988, © Columbia Records. – Albin de la Simone, *Le Grand Amour*, auteur-compositeur Albin de la Simone, album *L'Un de nous*, 2017, © Tôt ou tard. – Niagara, *Tchiki boum*, auteur-compositeur Muriel Laporte, 1985, album *Encore un dernier baiser*, 1986, © Polydor / PolyGram. – Simon and Garfunkel, *Bye-bye Love*, auteur Felice & Boudleaux Bryant, compositeur Paul Simon, album *Bridge Over Troubled Water*, 1970, © Columbia Records. – France Gall, *Si maman si*, auteur-compositeur Michel Berger, album *Dancing Disco*, 1977, © WEA. – Benjamin Biolay, *15 septembre*, auteur-compositeur Benjamin Biolay, album *La Superbe*, 2009, © Naïve. – Jean-François Coen, *La Tour de Pise*, auteur-compositeur Jean-François Coen, album *La Tour de Pise*, 1993, © Columbia. – Marie Davidson, *Adieu au dancefloor*, auteur Marie Davidson, compositeur Pierre Guerineau, album *Adieux au dancefloor*, 2016, © Cititrax.

PAPIER À BASE DE FIBRES CERTIFIÉES

Le Livre de Poche s'engage pour l'environnement en réduisant l'empreinte carbone de ses livres.
Celle de cet exemplaire est de :
200 g éq. CO_2
Rendez-vous sur
www.livredepoche-durable.fr

Composition réalisée par PCA

Achevé d'imprimer en France par
CPI BRODARD & TAUPIN (72200 La Flèche)
en janvier 2021
N° d'impression : 3041632
Dépôt légal 1re publication : février 2021
LIBRAIRIE GÉNÉRALE FRANÇAISE
21, rue du Montparnasse – 75298 Paris Cedex 06

21/3791/5